岩波現代文庫／文芸 299

無冠の父

阿久 悠

JN147543

岩波書店

目　次

第一章

訃報

1

そこそこの年齢にあり、ある種の地位や名声を得た人たちが、自分の父や母のことを得意気に語る姿を見ていると、不思議に思えたものである。

正直に云うと、閨房の中のあれこれや、金庫の中の財産の多寡を開陳するような恥ずかしさ、気色悪ささえあった。何故そのように感じるのかはわからない。とにかく、大事か大事でないかは別にして、他人様に知らせるべき必要のないことと、思っていた。

ある時期の流行であったのだろうか、そのような場面をよく見た。

涙ながらに、あるいは、陶然と、父を語り、母を偲ぶ人たちには、大いなる落胆を覚えた。理不尽なことであるが、そんな風に思えたのだから、仕方がない。

芸能人であれ、スポーツマンであれ、作家であれ、実業家であれ、人前で父や母を語った途端に、それまで抱いていた敬意や驚嘆が崩れて行き、ありふれた、つまらない男や女に見えて行くのである。

それらを見たり聞いたりするのは、おおむねテレビであったが、私のような感想を持つ人間は少ないようで、両親を包み隠さず語り、自分に与えた影響が如何に大きく、今《こん》日《にち》あるのは実にこの父と母のお蔭というように話を結んだ人は、まず善人の評価を得た。

私は、社会で特別の才気だと認められた人にとって、ありふれた印象を与えることがいちばんの損失だと思い、善人の評価、父や母を愛する常識人などという好感度は、百害あって一利なしくらいに考えていたが、現実には、逆のようであった。

テレビで両親のことを語り、時に涙を流し、親孝行したい時には親はなし的に、悔悟の情でも示して見せると、時代の寵児も反逆児も異端児も、たちまちにして、社会の認知を得られるのであった。

その効果を考えてのことかどうか、ちょっと意外な人たちまでがテレビに出て、父の教え、母の愛をしゃべっていた。

例えば、その中の一人に、秩序の構築によって存在している価値観を、根本から転覆させることによって新たな美を発見する、と唱える演出家もいた。彼によると、肉親も、家族も、それを支える曖昧な愛も、罪の筈であった。

何かで読んだのだが、国語辞典から、絆《きずな》と縁《えにし》と情《なさけ》の三語を抹消すべきだと、過激なことを云っていた。

しかし、彼は、不覚なのか、それが実は本質だったのか、両親のことを語る時に涙を流し、あろうことか絶句までし、皮肉にも、絆と縁と情の強さを証明して見せた。

これで、この人が実践している、革命的な芸術論も信を失うだろうと、私には思え、実に愚かなことをするものだ、お前が母の胸を恋しがったり、父の背中に憧れたりしてどうするんだと、他人事ながら腹を立てたりしていた。

しかし、社会の信というものは面白い。

革命的な芸術家よりも、健全な常識人を選ぶもので、芸術家としてのいささかの減点くらい、大きなプラス点でカバーし、社会全体で擁護するかのような構えさえ、見せたのである。

とにかく、私の予想や危惧に反して、父や母を礼賛して損をする人は、ただの一人としていなかった。

私にも、そのての番組への出演の打診が何度もあったが、その都度断わった。

「恥ずかしいじゃないか」

と、私は、そんな気持を断わる理由にしていた。

この、恥ずかしいじゃないかが、交渉相手になかなか伝わらなくて困った。

大抵の人が、私が、特別でない両親を、謙遜も含めて恥じているのだと、解釈した。

それで、

「ずいぶんと酷い親に泣かされた人もいますから。しかし、酷い親は酷い親で、その人にとっては唯一の存在ですから、それを語っていただくことによって、それまで見えなかった愛情が発見されたりで、思いがけない感涙の場面もありましたよ」

などと、見当違いの説得をしようとした。

「ぼくの父親にしろ、母親にしろ、別に、酷い親なんかじゃない」

「そうですか」

「当り前の、いい人なんだ」

「酷くってもいいんですよ」

要するに、彼にとって、ある著名人がいて、その人に両親さえ存在すれば、中味が何であれ構わないという考えで、父や母を最も普遍的なドラマと捉えていた。

私が云う、恥ずかしいじゃないかは、そんなことではなかった。

私には、父や母がどんな人間であれ、他人様に語って聞かせるという行為自体が、恥ずかしいのであった。それは、他の人のそういう場面を目撃して、気色悪いと感じたのと裏表の関係にあった。

肉親とか、夫婦とかいうものは、暗室の赤色灯のような光の中で、愛情も価値観も成立しているもので、他の人の目にもよく映るような光量をそれに当てるものではないと、思っていたのである。

私は、だから、両親のことをあれこれ語らないと同時に、妻や子供も、私のおつきあいのために、テレビやグラビアに登場させるということも、はっきりと拒んでいた。

妻や子供が、私の妻、私の子という意味合い以外で、何か注目されたり、評価されたりするのであれば邪魔はしないが、そうではなく、世間に媚びた形の夫婦や家族の絵柄を求められたら、全て断わっていた。

それもこれも、恥ずかしいじゃないか、であった。

しかし、繰り返すようだが、私は、父や母のことを恥じているわけでは、決してなかった。

そして、何もかも、およそ親と子の関係、家族の問題を、全て封印して、秘密にしておこうという考えでもなかった。

書くことがあるかもしれないし、発表することもあるかもしれないが、それは、面白おかしいことへの期待とは、別のところでやるべきだと思っていた。

もしも、退屈というものが許される場があるとするなら、いつか、私がそれに相応しい年齢に達した時、平凡とか凡庸とかの価値を本気で認めたくなった時、書いたり、発表したりすることがあるかもしれない、ぐらいの考えは持っていた。

ただ、テレビが持ち掛けて来るそれらの話は、如何に彼らが、存在さえすればドラマは生じると主張しても、期待しているのは面白さだった。

私は、恥ずかしいだの、気色悪いだの、善人の評価は百害あって一利なしだの、勝手な批判をしていたが、正直、他人の親の面白さに仰天していた。

彼らの父や母は、いずれも、偉人であったり、傑物であったり、また、奇人であったり、変人であったり、時には、ほとんど悪人であったりした。

　父を語り母を語りする人が持ち込んだエピソードは、とても平凡とか凡庸の中には置けないもので、語り手は、被害者としての日常を、自虐の笑いで話し、それは裏返しの親自慢と、ついでのことに、その血を引く自身の得意でもあった。

　私は、私の父や母には申し訳ないが、他人の親はどうしてこのように、波乱万丈であり、才気煥発であり、個性豊かなのであろうかと、思っていた。

　語られる親には、波乱万丈、才気煥発、個性豊かの共通項があり、それが、成功者と破綻者に分かれる。

　成功者は、巨大な壁として語られ、子は常にその前で、身悶えながら、呪い、傷つく。壁は砕くか越えるかだと悟り、今日あると、恍惚とする。

　一方破綻者の方は、鬼として語られる。鬼は、社会の倫理や常識に相容れない人のことを云うが、今日ある子から見て、既にそれは才と認めているから、理不尽な仕打や身勝手な行状が、非凡の証明として語られるのである。

　私の素朴な感想を差し挟むと、それらの父や母の先進性に驚く。

　明治生れで、大学生活を経験したり、高等女学校の才媛であったと話されると、それだけで、世界が違っていて当然だと思える。

父や母の口から、外国の文化についての蘊蓄が語られたり、そこまで行かなくても、戦前にコカ・コーラを口に出来た環境の人の話を聞くと、これはもう、私が思う父像、母像とは大きく違って来るのである。

早い話、不良であり得た贅沢さを満喫した人たちに嫉妬を感じ、敵意さえ覚える。壁と思われた成功者の光り輝く眩しさや、鬼と思われる破綻者の無頼の奢りも、いわば、先進性によってである。

そんなものは、大多数の平凡で凡庸な父や母には、全く無縁のものであった。かつての、多くの父や母は、鶏のように律儀に、日の昇り沈みで生活していた。

父は教えであり、母は愛である。それに、過剰なとか、異常なとかが付いている。どんな父にも教えがあり、どんな母にも愛があるが、ただ自然の移ろいや、天地の恵みの形で存在しているのでは、面白くない。

テレビで語られる父や母は、とにかく、過剰なほどに自己主張し、異常なまでに我儘だった人たちである。そして、何十年後か、子によって陶然と語られるのだから、数少ない幸福者に入る人たちなのであろう。

私の父は一九〇〇年生れである。

二十世紀になろうという年に誕生したわけであるから、巡り合せだけを考えると、相当に劇的である。そして、その後の時代の変貌をつき合せると、一人の男の人生が、決して何もなく過ぎたとは思えない。

しかし、子である私から見る限り、思わず呆れたり、我慢しきれなく笑ったり、それはそれはと驚嘆の相槌を打つような、わかりやすい波乱万丈はないのである。

特に好意でも悪意でもなく、ぼんやりと、それが一生だという目で見ていたら、何もなかったと云えなくもない。つまり、波乱と云い切ってしまえるエピソードが、ないということである。

だから、私は、父を語り母を語りすることを、恥ずかしいじゃないかという生理のようなもので断わったが、同時に、実に控え目な思いで、面白い話にはなりませんから、という遠慮もあった。

2

どういう時であったのか、それは定かではないのだが、私はというと、まだ幼児であったことは確かである。とにかく、父と二人の時間を過していた。

記憶とは妙なもので、このような書き方をし始めると、少しずつ小さな断片が復活して来る。肝心なことは不確かなのに、情景のようなものが不規則に、嵌《は》め絵を作って行くのである。

ここで云いたいのは、父の言葉、父がかなり上機嫌でしゃべった自分に関する物語についてであるが、まず私は、父と二人だけのそういう時間を持ったという記憶に、不思議がっている。

不仲な父と子では決してなかったが、肌を寄せ合うようにして過したり、腹の底を割って見せて本心を語り合うということもなかった。冷え冷えとした関係かというと、それもまた違っているようで、奇妙な羞恥心のようなものをおたがいに感じていて、必要最小限のことを伝え合っていた。

だから、思い浮かぶ絵柄として、父と私が如何にも親子と思える姿で寄り添っているなどというのは、いくつもない。

数少ない貴重な記憶であるから、まず情景が脳裏にひろがる。

父と私は縁側にいた。浴衣を着ていたように思えるから、夏であろう。そういえば、青と赤が混り合った空も思い出す。そして、さして広くはないが、一応の体裁を整えた庭もあった。

これだけのことを思い出すと、いつ、どこで、従って、父と私の年齢が何歳であったかが推定出来る。

父は巡査で、その大半を駐在所勤めで終えたが、私の記憶にある中では一度だけ、いわゆる本署の内勤という時期があり、その頃は、かなり大きな借家に住んでいた。

庭とか、縁側とか、また、夕方と思える時刻に浴衣で寛いでいるというのは、駐在所ではとても考えられないので、その時代のことに違いない。とすると、昭和十七年とか十八年といった頃で、父が四十二、三歳、私が五、六歳であった筈である。

何にしろ幼児であるから、記憶といってもどれほど正確なものか、まるで保証の限りではないが、私が思うに、この本署勤務の二、三年間が、私の家族にとって、いちばん世間並であったように思う。

つまり、父は巡査ではあったが、およそ一般の会社員や役場吏員といった人たちと同じで、朝八時に出掛け、夕方五時過ぎには帰って来るという規則正しい生活で、従って、家にいる限りに於ては父は巡査ではなかった。

もう戦争が始まっていたのに、それでも緒戦の大勝利に浮かれていた頃であるから、どこか呑気さもあって、私が父と何かをしたという記憶は、この時期に集中している。

それにしても、借家の前を流れる川で鰻釣りをしたとか、山の池へ鮒釣りに出かけ、草亀を釣り上げて大笑いしたとか、一度は海水浴にも行った、その程度のことである。

さて、その時、どういうご機嫌であったのか、幼児の私を相手にして、若い頃の自分のことを語った。

「ええもの、見せたる」

父はそう云って、頭を傾けた。それから、頭頂部の髪をかき分けて、ほら、ここや、頭のてっぺんを見てみぃ、と云った。

ええものが何を指しているのか、私には、しばらく見当もつかなかったが、めったにお道化ることのない父にそんな空気を感じ、いささかはしゃいでいたのであろうか、何や、何や、ええもんて何やと、ややウエーブのかかった髪に隠された父の頭のてっぺんを、覗き込んだ。

「見えたか？」

「何や？」

「見えるやろ。頭のてっぺんや」

「筋が入っとる」

「それや」

父は姿勢を元に戻すと、誰にも云うなや、と私の頭を慈愛のこもった掌で叩いた。それから、これがお父ちゃんの大事な勲章や、いつもは髪で隠しとるから、誰も知らん、家の人間も知らん、お前だけや、と云った。

私は、くすぐったく思った筈である。

父がこういう話し方をするのもめったにないことだが、その上、お前だけやと特別の感情を示されたのであるから、昂ったに違いない。

しかし、頭頂部を横に走る二寸余りの筋が何で、何を意味するのかは、まだわからなかった。それは、ちょうど側頭部から側頭部へ跨る感じで、焦茶の線が走っていた。

時間を経ているので、いくらかは周辺の皮膚の色に馴染んで来ている感じもしたが、元はもっと、質の違う禍禍《まがまが》しい色合いをしていたものであろうとは、察しられた。

決して美しいものでもなく、誇らしく思えるようなものでもなく、これがどうして大事なのかとても理解が出来ないので、私は、これが何で勲章なのかと訊ねた。

「子供の時、頭が割れた。西瓜みたいに真二つになった。普通の子供やったら、そこで死んどる。けど、どういうわけか、お父ちゃんは死ななんだ。どういうわけかわからん。よっぽど運があったか、よっぽどお父ちゃんが強かったのかのどちらかや。だから、お父ちゃんにとって、この二寸の傷痕は勲章なんや。めったな人間には見せとうない勲章なんやど」

父は云った。

その、めったな人間には見せとうない勲章を、何故その時、幼児の私にわざわざ見せて、お前だけや、と云ったのかはわからない。その時もわからなかったし、それ以後も、あらためて、実はあの時の俺の気持はと打明けられたことはなかった。

それから、めったな人間には見せられないということでは、父は、時局にも拘らず、ついぞ丸刈り、坊主頭にしたことがなかったから、本当にそういう、隠して置きたい気持はあったのかもしれない。

まだ少年であった父に、そのような生死に関わる大怪我を負わせたのは、父の兄である。もちろん、意図したことではない。過失である。

父の兄、つまり、私にとっては伯父にあたる人から聞いた話によると、

「振り下した鍬に向って、あいつが頭をつっ込んで来よった」

ということになる。

それだと、望んで頭を割られたいと思っていたようだが、そんなことがある筈がない。仰天した伯父の気持や、少年らしい弁解としてはそうであろうが、過失であった。

しかし、過失であるにしろ、父の兄の鍬が、父の頭を真二つに割ったことは事実である。そして、幸運なことに死ななかったが、片や、いささか屈折した思いも含めて勲章とまで称しているのであるから、只事ではなかった。

その時、父から聞いた話によると、他愛もないことである。何らの因果もない。

おそらく、明治時代の末のことであっただろう。父の故郷である宮崎県のことで、男の兄弟三人が山芋掘りに出掛けていて起った、いわば、悲劇である。

長兄が十三歳、次兄が十一歳、そして、父が十歳であった。山芋掘りは珍しいことでもない。父の兄弟たちは士族と称して自負していたが、その時はもう貧しい百姓であった筈だから、男の子が山の物を穫りに行くぐらいは日常のことであった。

彼らを労働力として期待していたかどうかは別である。そこまで切羽詰ってはいなかったかもしれないが、山芋でも掘って来い、ぐらいのことは命じられる。

だから、労働であると同時に、どこか遊び気分も働いていたのだろう、いい加減な作業をしているうちに、長兄の振り下した鍬が、末弟、つまり、父の頭を直撃した。

後になって父が云うように、普通なら、その直撃で即死である。しかし、どういう力が働いたのか、父は死ななかった。当然のことに、驚愕と恐怖で逆上し、只事でない傷を負っているのだから、泣き喚く。七転八倒の苦しみであっただろう。

長兄と次兄といっても子供であるから、頭から血を噴きながら跳ねまわる末弟に、恐怖を覚えたに違いない。いっそ、ぐったりとしていてくれた方が、冷静に対処出来る。死にかけて元気なほど恐いものはない。途方に暮れて当然である。

それに、山の中である。助けを呼ぶことも出来ない。いっそ捨てて帰ろうかと、長兄と次兄は思いあまって相談したそうだが、その度胸もなかった。

そこで、上の二人がしたことは、とにもかくにも、末弟の頭のてっぺんから噴き出す血を止めることで、そこが、如何にも、逆上した子供のやりそうなことなのだが、なるべく粘りっけの強い土を選んで、傷口に詰めた。

血は止った。その時には、恐いような勢いで転げまわっていた末弟もぐったりとし、血の気が失せかけていた。

血が止ったことによって、上の二人の逆上もいくらか鎮まり、長兄が傷ついた末弟を背負って走り、次兄が泣きながらあとに従っていた。傷口に土を詰め込むなど、治療どころか、かえって悪化させる筈なのだが、どういう奇跡なのか、父はそれでも死ななかったのである。

勲章だと思うのも無理はない。

しかし、この、父がめったに見せない頭の傷は、自身の生命力の強さを確認する、心強い証明として残っただけではないということが、やがて後に、伯父から聞かされた。

私が思い出す、ある夏の夕方の、珍しいくらいに和やかな父と子の睦み合いの中では、そのことは話されていない。相手の私が子供であったから、これは勲章だ、お父ちゃんは死なないと誇った程度であった。

私が、しばらく、父は剛毅な人、もっと無邪気に云うなら、豪傑だと思っていたのは、この日の話によることが多いのである。

その他にも、父は剣道が強く、柔道もやり、また、気合術と称して鉄火箸を小指で曲げたり、足や手の肉刺《まめ》を焼いて治療したり、幼児の私から見て、豪傑と感じることがいくつかあった。

しかし、頭の傷は、不死の証明とは全く逆の、精神的影響を父に与えていたようなのである。

伯父は、父と違ってよく話す人で、大人になって行く過程での私と、いろいろと話すこともあったが、

「お前の親父は、わしを責める。あの時、頭を割られなかったら、もっと利口な、立派な人になっていた筈だとな。立派な人がどういう人かは別として、万年巡査で終わりそうなことと、あの傷とは無関係ではないと思っている。もっとも、わしに云わせれば、いろんなことを諦めたり、断念したりすることの材料に、あの傷を使っているとも思えるがな。責められても困る。わしは、あいつを助けたんだ」

などと、一升も酒を飲んだあとで、愚痴とも、ざんげとも、弁解ともつかない話し方をしたことがあった。

この伯父と父のことは、また、話すことがあるだろう。

ほとんど封印をしたように自分のことを語らない父について、私が目撃出来なかった時代のことを話せるのは、この人しかいないのである。

私は、勲章だと思う気持と、もしもあの時頭を割られなかったらと、自分の人生を仮想してみる屈折と、どちらの比重が大きかったのだろうと考えたのだが、それはわからなかった。

父が頭の傷を見せて、私に話したのは、その一度だけである。

3

しばらく、父の命日が曖昧で困った。

実際に死んだ日と、私がはっきりとその思いを認識した日との間に、四日のズレがあるのである。

一月十日前後を、そうだと思い込んでいるところがあったのだが、実際は、一月七日である。

「どうも忘れてしまいそうでいけないなあ」

と、私は云っていたのだが、やがて、もう絶対に忘れることはないだろうな、と思える日になった。

昭和天皇の崩御の日、つまり、長い長い昭和という時代が終わった日が一月七日で、それからあとは忘れようがない。思えば妙なことだが、昭和天皇のご逝去によって、父の命日をはっきりと確信したのである。

父が、昭和天皇と運命をともにするように、昭和六十四年の一月七日に死んだということではない。父はそれよりも十四年も前に、この世を去っている。

ただ、同じ一月七日という符合が、昭和を生きた男にとって、何やら意味のあることに思えるのである。

それに、父は、私など子の世代では思いようもないほど、天皇が好きであった。その好きな天皇と同じ命日になった幸運を、それこそ、勲章のように思っているに違いないのである。


深沢武吉《ふかざわぶきち》、つまり、阿井丈《あいじょう》というペンネームを持つ私、深沢健太《ふかざわけんた》の父が死んだのは、昭和五十年一月七日である。突然の心不全で、死に目にもあっていない。

私の父のように、生れ育った宮崎県と、三十五年も巡査として勤めた兵庫県以外に、ほとんど足を踏み出したことのない人間の死を語る時、常にパリが話題になるのは奇異なことである。最も似合わないし、縁もない。

それでも、しばらく私たちは、父の死を話す時、冬のパリの情景や、それ以前の旅程のスペインの田舎町のこととともに話していた。死に目にあわず、訃報を受けた時から始まる人の死というものは、たとえ親といえども、そういうものかもしれない。

報せを聞いた時には、何かを思うとか、何かをするとかいうことが不可能な、別の世界に行ってしまっているのである。

だから、どうしても、それを知った時のこちらの状況が優先する。それがパリであり、スペインの田舎町のエピソードである。そういった話の持って行きようは、たまたま一月七日が、昭和天皇崩御の日と重なる偶然に気づくまで、つづく。

深沢武吉の死に目にあっていないと云ったが、死に目にどうのどころか、その時、私たちの家族はパリにいた。クリスマスから年末年始、スペイン南部を中心にした、ちょっと贅沢なツアーに参加していたのである。

阿井丈、つまり、語り手のイントネーションによっては愛情とも聞こえる、不思議な名を職業名とした私の仕事は、順調だった。

脱サラから約十年、ものを書ければ何でもいいというくらいに、あらゆるものを書きまくり、その中の一つに作詞があって、これがどうしたことか、自分の感覚と合っていたというのか、うまく行った。数多くのヒットも出、賞も貰って、全く夢想にもしなかったことだが、作詞家になっていた。

小説家とか、脚本家とか、映画監督とか、ある年齢の時には、画家や漫画家まで夢見たことがあったが、ついぞ、詩人とか作詞家を考えてみたことはなかった。あれは別世界のことだと敬遠し、どこか軽んじているところさえあった。私の頭の中の詩人は、貧苦と病魔と屈折しかなかった。

その私が、作詞家になったのは、時代のせいだった。具体的にはビートルズのお蔭で、彼らの出現によって、音楽や歌の質が一変した。それは、一見無縁のように思える日本の歌謡曲にも、大きな影響を与え、私のように湿度過剰の情緒を嫌うタイプにも、もしやと思わせる可能性を拡げた。

それでも、いくつかの詞を書き始めた当初は、もっと泣けるものとか、もっと濡れたものといった不可解な条件を強要されたが、私は、この先もずっと作詞をつづけるつもりはなく、従って、その世界で気に入られる必要もないと考えていたので、自分流を押し通した。

それが結果的にはよかった。売れる売れないという意味合いでもよかったが、すり寄ったり、媚びたり、方法論のマスターのみに汲々としないで、つまり、自分を殺すことなく作詞家になれたことが、何よりだった。

そして、うまく行くと、自分の再発見に驚くような思いになり、作詞家は天職かもしれないと、他愛なく感じたりしていた。

クリスマスから年末年始を挟み、二十日間も休みを取って、スペインを呑気に旅行したのは、心安めだった。私にも必要だが、家族にも必要だった。

たまたま、昭和四十九年の暮は、数々の音楽賞とは無縁に過さなければならない状況で、それを指を銜えて見ているのも切ないと、旅行を決心した。

スペインにしたのは、全く素人っぽいイメージで、最も現実離れをし、架空の国のような思いで旅行が出来そうだと、考えたからであった。

身勝手な話だが、旅行とは、思い描いた通りの風景や人に出会いたいためのもので、厳粛な現実などは知りたくもないのである。

そういう意味では、まだ独裁者フランコが君臨していたその時のスペインは、凍りついたようなイメージのままであった。国民にとってはともかく、旅行者にとっては頭にあるスペインそのもの、最もスペインらしい時代で絵画化したような感じがして、裏切られるものは一つもなかった。要するに、本で読み、絵で見た通りであったのである。

数年後、再度スペインを旅行した時には、フランコが死し、独裁体制が崩れたあとで、ほんの二、三年のことでこれほど変わるのかと思えるほど、違った国になっていた。ノースリーブで歩くと逮捕されることだってあるほどですよ、と云っていた理不尽なほどの道徳順守と禁欲がなくなり、若い娘たちの間では、煙草を喫いながら街を歩くのが流行っていた。

それが一様に、指をピンとそらし、人さし指と中指の先に煙草を挟んで見せびらかしているのが、自慢気でおかしかった。

自由があった。しかし、驚くほど行儀も悪くなっていた。以前に比べて街が汚れ、アメリカかと思える風景もバランス悪く出来ていた。

その時、私たちは、ますます身勝手な旅行者になり、新しい活力のスペインに落胆したものである。そして、旅行とはそういうものだし、逆に観光とはそういうもので、どのくらいムシの良さを許せるかで決るんだ、などと話し合った。

それは後年のことで、昭和四十九年の暮に旅行した時には、まさにスペインであった。旅行を決めた時、自由にあれこれ歩きまわるのもいいが、手配や手続きに神経を使うのも厭だし、かといって大型のツアーで、ただただ非人間的に引き摺り回されるのもかなわないと思っていたら、数組のグループだけのツアーで、コースも大観光団が行かないところを選びました、いささか贅沢でお高いのですが、というのがあって、それに参加した。

パリで乗り継ぎ、マドリッドへ入り、そこを基点にするという計画が、マドリッド空港が濃霧のためにバレンシアまで行き、そこからバスでマラガへ向うという大変更でスタートしたのだが、その後は、日程的にも計画通りに戻り、楽しい旅行がつづいた。

トレド、グラナダ、セビリア、コルドバというのは、アンダルシア地方をメインにすると必ず訪れる町だが、これらの他に、ロンダとかウベダとか、山峡の古城の町などもコースに入っていて、旅行は満足だった。

大晦日は、ジブラルタル海峡の落日を見、向うに霞むのはアフリカ大陸ですねなどと、まさに架空の思いの旅行者気分を満喫し、夜は夜で、カジスの近くのホテルで年越しのパーティに参加し、私は、どういうつもりか持参していた和服を着た。

年が明けて数日して、パリへ入った。パリは旅行の目的地ではなく、まだマドリッド直行便のなかったその頃、行き戻りの足場にするための滞在だった。

私たちは、到着するなり、シャンゼリゼ通りの高級日本料理店へ行き、特別に御節《おせち》料理を作って貰って、正月を祝った。料金は信じられないくらいに高かったが、それでも上機嫌で過していた。

冬のパリは寒かった。しかし、私たち家族は、如何にも幸福に恵まれた旅行者になりきって、寒く、暗く、表情も乏しいパリの街を歩きまわっていた。ツアーではあったが、パリではほとんど自由行動であった。

ツアー参加メンバーが、パリで同一行動をしたのは、おのぼりさんよろしく、リドのショーを見る時だけで、これは予約の都合などもあって、そうなった。

二十日間の旅行期間が長いのか短いのか、少なくとも阿井丈と名乗って仕事を始め、睡眠時間四時間といった生活になってからの私にとっては、夢のように長い日数であった。

こんなに仕事を離れ、逆にいえば、こんなに家族とべったり一緒にいるということはなかった。

私たち一行は、私と妻の優子《ゆうこ》と、九歳になった息子の太一《たいち》と、妻の妹の友子《ともこ》の四人だった。

旅行は終わり近くなっていた。すっかり身内意識が芽ばえたようなツアー参加者たちは、どこかお別れパーティ気分でリドのショーを見た。

ホテルの部屋へ帰ったのは深夜、その一時間ぐらいあとに、電話が鳴った。

添乗員の植松《うえまつ》が、明日の予定確認を忘れたのだろうと受話器を取ると、私のオフィスの永田《ながた》からで、

「お父様が亡くなられました」

と、何度も稽古を繰り返した台詞のように云った。

4

冬のパリは、なかなか夜が明けなかった。わずかな光を闇の中に感じていたが、その、かすかな希望に似た時間が長く、一気に朝になることはなかった。

私は煙草を喫いながら、ホテルの古風な窓から外を見ていた。

何とも朝が待ち遠しかった。夜は厭だった。こんな時の夜は、私たちだけが幸運から切り離されたように、また、あらゆる戸口が塞がれたように思えるものだった。

時計を見ると、八時少し前という時間になっていたが、外はやっぱり夜だった。そして、これから明けて行くというより、暮れて行くように感じられた。今日が晴れた日に

なるのか、曇り空なのかさえわからなかった。

「こんな暗い中を出勤するのは、憂鬱だろうな」

と、私が云うと、妻が、えっ？　と顔を上げた。

妻の優子は、旅行鞄に荷物を詰め直す作業をしていた。二十日ばかりなのに、荷物が倍にもなってしまってと、彼女は愚痴を云っていた。

添乗員の植松には気の毒であったが、六時に電話を入れた。それでも、ずいぶん我慢したわけで、もういいかな、もういいかなと何度も受話器を手にしては、思いとどまったりしていた。

予定を変更して、急ぎの帰国になるわけであるから、彼の力が必要だった。事情を話すと、彼は絶句し、それから、あちこちのオフィスが開くまで待って下さい、努力してみますから、と云った。

私たちは、植松の手配がつき次第帰国するつもりで、準備を整えていた。私などは、コートをはおりさえすれば、出掛けられる状態になっていた。

その姿で、窓から外を見ていた。急激に人の数が増して、同じ方向を目指して歩いていた。夜の闇の残る中を、凍えながら出勤して行くのは、影の塊の移動のように見えて、憂鬱な風景としか云いようがなく、葬列のようでさえあった。

えっ？　と顔を上げた優子が、そのまま作業を中断して私の横に立ち、窓から外を覗いた。それから、寒そうねと云い、フランス人も勤勉なのね、と笑った。

それにしても、一向に明るくならなかった。そのうちに、出勤の大人たちに混って、明らかに小学生と思える子供たちが、群れをなして通り過ぎるようになった。

「寒いところでは暮したくないわ。たとえ、パリでも厭だわ」

と、優子は云い、私の指から煙草を奪って喫った。そして、朝にならないのじゃないかしら、ずっとこのままじゃないかしら、と身震いをした。

私は、凭れ掛って来る妻のからだに両手をまわし、軽く抱いた。彼女は、小刻みに震えていた。これは、私の父の深沢武吉の訃報を伝えられてからずっとそうで、最初は痙攣したようになった。マラリヤのように全身余すところがなく震えながら、それから逃れるために、私の腕を欲しがった。

私が、大丈夫だよ、大丈夫だよと、意味不明のことを口走りながら肩を抱くと、彼女は、こんな時に不謹慎かしらと、愛撫そのものを求めて来たが、私は、いや、そんなことはないだろう、と云った。

それでも、私が硬直したような形で抱いていると、荒らいでいた呼吸が少し平常に戻って来て、ごめんなさい、こんな時に馬鹿なことを云って、と泣いた。

私には、妻の優子が、このように衝撃を受けたことが不思議だった。むしろ、実の父を亡くした私の方が冷静だった。私は、手続きとか、手配のことで頭がいっぱいだった。

本来なら、不謹慎なことに異常な興奮を感じ、うしろめたさに寒々としながら妻のからだを求めるのは、私の方であるべきだった。そして、私は、涙の一粒さえも流していないことに気がついていた。優子は、少なくとも一度涙ぐんだ。

それが、昨深夜、オフィスの永田の、何度も稽古を繰り返した台詞のような訃報を聞いてからの、私たち夫婦だった。

これが東京なら、こんな種類の昂りにはならない。なりようもない。パリだからのことである。

「お義父《とう》さん、いくつだったのかしら」

と、優子が云った。私の指から一本煙草を奪って喫い、私が別のに火をつけると、それも奪い取って、ハアハアと呼吸を乱しながら喫っていたが、その呼吸の切れ間に、七十四？　七十五？　と訊ねた。

「明治三十何年かな、一九〇〇年生れだから七十五か、いや、誕生日が来てそうだから、七十四だな」

私は答えた。そして、四分の三世紀だよ、その間戦争がいくつあったか数えただけでも、大変なことだよ、そう思うと、偉い人だな、とも云った。

「七十四年というのは、本人にしてみたら、不足かしら」

「さあ」

私は、妻がどういう私の答を期待しているのだろうかと思ったが、わからなかった。やることがあったか、なかったかは別として、誰だって死ぬ時は、しまった、予定は今じゃなかったと思うのじゃないかな、と笑った。

優子は、少しつられて笑い、そうよね、そういうものよねと云い、それから、喪主が留守だから大変でしょうね、早く帰ってあげなければと真面目になり、さらに一言、

「恐いお義父さんだったわ」

とつけ加えて、また、荷物整理を懸命に始めた。

「それほど長く一緒にいたわけじゃなし」

私が云うと、妻は目を見開いて、でも恐かったわ、何をしてあげれば喜んでくれるのか、どう考えてもわからない恐さがあったわ、あなたには想像もつかないことでしょうけど、とこの感想だけは譲れないとでも決心しているかのように、少しばかり逆上した。

私は黙っていた。ここで私が、自分の父の弁護に立ってあれこれ話すと、妙なことに、険悪になりそうだった。

それは、訃報を受けたばかりの時、また、それが、パリのホテルだという特種な事情にある時、やるべきことではない。妻の気持もわかるが、父はもう、物理的に、そう、私たちが確認していようがいまいが、故人であった。

「うまく帰れるといいのだが」

私は、妻が少し前に云った言葉を引き継いで、呟いた。

オフィスの永田からの電話でも、そのことをいちばんの大事と思っていることが、察しられた。私の家は、完全に留守であった。私の姉の千恵《ちえ》と妹の登喜《とき》が関西で所帯を持っていて、父も母も、ここしばらくは、そちらの方へ行っていた。従って、父はそちらで死んだ。

「オフィスの方へ連絡が入りまして」

と、永田が云い、私がまるで彼に責任があるかのように、元気だという話だったのだがと理不尽なことを口走ると、全く突然だったそうです、その寸前まで、ご機嫌よろしかったそうです、と苦しそうな説明をした。

それから、オフィスから社長はじめ数名、仕事仲間のディレクターも関西の方へ行ってくれている、とにかく、出来るだけのことは全てこちらでやりますから、何とか早くお帰り願いたいと、永田は云った。

当然のことで、私は、急いで帰る、しかし、急ぐといっても、飛び立ってからでも十七時間はかかるのだから、よろしくと云った。

「ところで、横浜のお宅の近くだというのですが、お寺の名前、ご存じじゃないでしょうか。先生のお母様がですね、先生のお帰りを待って、どうしても、横浜の方でお葬式を出したいとおっしゃっているらしいのです。それで、ご遺体を横浜へ運び、そういう段取りで葬儀を行なおうというところまでは決定したのですが、お母様、動転なさってらっしゃるのか、度忘れというのでしょうか、どうしてもお寺の名前が思い出せないと云うんです。どうでしょう、先生は、ご記憶じゃないでしょうか？」

永田は、全く困惑しているというように訊ねた。

「寺の名前？」

それは、私も同じだった。わからないな、と私は答えた。

私は世帯主ではあったが、まだ若く、寺とのつきあいは全くなかった。戦死した兄の仏は抱えていたが、それらの年中の行事は、父と母が来た時に行なっていた。私は、お寺は親父たちに委せるからな、と云っていた。

墓を作りたいと父たちは希望していたが、この横浜に落着くとも限らないので、もう少し待ってくれ、ちゃんとした家を構えた時、その近くに墓地を買い、立派な墓を建てるからと、私は父たちの希望を我慢させていた。

すると、宮崎に折角の墓があったのに、それをわざわざ移して来た、移したのはいいが落着き場所がないのでは、お兄ちゃんが可哀相だと、これは母だが、いくらか不満気に嘆いた。

「わかりませんでしょうね。わかると、すぐに連絡し、手配も出来るのですが。まあ、先生のお宅の近くだと云いますから、行けば何とかわかるでしょうから、ご心配はいりませんが」

「場所なら教えられるが」

私は、頼りなく云った。

「そうですか。それは、まあ、いいです。探します。それから、いろいろあって、留守宅に入りたいと思いますが、鍵がありません。どこかガラス窓を破ることになるかもしれませんが、ご了承下さい」

「いいとも、窓ぐらい」

「先生、大きな葬儀にしましょうね」

「ありがとう。そうしてくれ」

「フライト便が決ったら、ご連絡下さい。それによって、葬儀の日取りを打合せしますから。今夜、関西の方で、仮通夜を行なうそうです。場合によっちゃ、通夜が三日もということになるかもしれませんね」

「あいにくの時に申し訳ない。とにかく、どうジタバタしても何にも出来ない状態なので、よろしく頼むよ。もっとも、そちらにいても、手続きや手配が苦手な人間だから、同じように世話になったと思うけどな。ところで、今、何時？」

「こちらは、夕方五時です」

「そう、よろしく」

その時、私は、どういうひらめきなのか、ほとんど記憶になかった筈のお寺の名前を思い出した。危うげでなく、確信だった。

その頃、私たちは、横浜戸塚区のはずれ、大船に近いあたりの新開地に、建売住宅を買って住んでいたが、横須賀線の線路ぞいの道路に、お寺の入口を表示する案内板が立っていて、その色褪せかけた墨の文字を、思い出したのである。

「蔵前寺。ぞうぜんじというのが、おふくろが云うところのお寺だ。間違いない。蔵の前の寺と書く」

私は、咳き込むようにして云った。

電話の彼方で、永田が、よかったですね、思い出していただけて、こちらも助かりましたと、ほっとしている様子が伝わって来た。

「じゃあ、これで、大変でしょうが、お帰りお待ちしております」

と、永田は云った。

5

不思議なものであった。東京は夕方四時で、こちらパリは、深夜であった。国際電話で人間の死について語っていた。死はこういう形を取ると、全くの手続きと手配の観念の中にあって、私は、父の死を認めた寂寥や悲しみよりも、お寺の名前を思い出したことに安堵していた。

「ということだ。親父が死んだ」

と、私は妻に云い、しばし呆然とした。

その後、妻の優子が事情を察して逆上し、ほとんどバランスを崩したような状態になり、私も、その妻の逆上ぶりから、やっと手続きと手配の無機的なものから解放され、しかし、それから解放されるということは、重い鬱を抱え込むことでもあった。

「これどうしますか？」

優子が云うのは、スペインの街道で買い求めた皿や壺や絵タイルの類で、割れると困ると思って、道中持ち歩いていた。

「植松君に頼んで、航空便にでもして貰おうか」

「そうですね。割れるでしょうね」

「いくらかな」

「全部割れても、別に、いいんですけどね」

「全部は割れやしないよ。一割か二割は覚悟した方がいいってぐらいのことだ」

私は云いながら、一見ガラクタにも思えるそれらの陶器を見た。この素朴さと粗野さは、作った名もなき人の手の温みだと、思えるものばかりであった。皿の類はオリーブの葉か向日葵の花かが描かれ、絵タイルは、ドン・キホーテか闘牛が圧倒的に多かった。

「お寺の名前を思い出して、あれは、感動的でしたね」

「ああ」

「それだけでも、親孝行と云えるのじゃありません？」

「さあな」

「大きい葬儀にするって、誰の考えかしら。永田君じゃないわね。お義母さんや、お義姉さんでもなさそうだから、社長かしら」

「たぶんね。喪主が留守だから、気を遣ってくれているのだろう」

私が云った。間違いなく葬儀は、深沢健太の父の葬儀ではなく、作詞家阿井丈の父の葬儀になる筈であった。それが父に似合うことかどうか、おそらくパリが似合わない以上に、予想される晴れがましい葬儀は、父には似合わないものになりそうだった。

しかし、それが不都合であったり、迷惑であったりするとは限らない。もしかしたら、父も、喜ぶかもしれないではないかと、私は秘かに思ったりしていた。

「太一と友子どうします？　一緒に帰ります？　私は、残ってもいいと思うのだけど」

優子が云った。

息子と優子の妹のことで、二人は別の客室にいた。優子は、二人は予定通りに行動してもいいのじゃないか、四人を条件に航空便の変更などしていると、私たちも帰れなくなりますよ、と繰り返した。

「どうしてる？」

「朝食を済ませたら、ルーブル美術館へ行く予定になってますけど、とりあえず、今は、部屋に待機していますわ」

「そんな呑気なことでいいのか」

私は、いささか荒い声を出した。

祖父が死んだという報せを受けた時、孫がルーブル美術館で絵を見ているというのは、何とも非常識な感じがしてそう云ったが、優子は、呑気かしら、呑気じゃないわ、と不満気だった。

「あなた、何だかお義父さんに似てますよ」

「馬鹿云え」

とにかく、死の報せを受けるというのは、異常な気持を強いるものがあって、私たち夫婦は、どこかでギクシャクしていた。妙に尖って云い合うかと思うと、不謹慎の誹《そし》りを覚悟で抱き合いたくなったり、決して普通ではなかった。

友子と太一が、様子を見に顔を出した時にもそうだった。私は気が立っていた。二人は既に私の父の死は知っていて、その時は驚くほどに神妙になり、友子などは泣かんばかりになっていたが、今は違った。

彼女は、マドリッドで買った皮革のコートを着、太一は、これもスペインのどこかで手に入れた黒い闘牛士の帽子に、ポンチョのようなマントを着、二人そろって、これでパリの街はどうかしら？　という顔をしていた。

私は、そんな場合かと云いたい気持を呑み込み、もうちょっと待て、どうなるかわからないからと云い、太一には、お前泣いたか？　と無茶を云った。九歳の太一は、正直に首を振った。

「部屋にいます。太一のことは引き受けました」

友子はそう云うと、コートのベルトを弛め、太一の帽子を脱がせ、怪傑ゾロはお呼びじゃない、さあさあ、お部屋へと、そそくさと帰って行った。

「俺だって、呑気にしていたいよ」

いくらか気が咎めて私はそう云ったが、優子は、それに何も返さなかった。

旅行社の添乗員の植松が、蒼ざめた顔を出した時には、さすがに遅いパリの朝もすっかり明けて、晴れ晴れという気分にはほど遠いが、それでも、一応の好天を予想させる程度の白さはあった。

「困りました。今日、パリから発つことは不可能です」

と、植松は云った。何でも、ヨーロッパ全域に及ぶ大規模な航空ストにぶつかったということで、どのように足掻《あが》いても方法が見つからないのだと、頭を抱えた。

「乗り継ぎでも何でも、どうにかならないのか？」

「なりません。とにかく、空港は、人の影すら見えないという状況なのです。すみません。いえ、運が悪いとしか云いようがありません。こんな時に、選《よ》りに選ってと思いますけど、こちらのストは、日本と違って、抜け道や救いがないように徹底的にやりますから、もう何とも」

植松は、これでも、連絡の取りにくい早朝に、しかも、航空ストの最中に、ありとあらゆる智恵と手段を講じて動いたのだと、いくらか弁解めいたことを云った。

彼は憔悴しきっていた。老舗の百貨店の旅行社の添乗員で、行儀もよく、身だしなみもよかったが、今は、赤い目をして、髭も剃っていなかった。

優子が電話を取って、ルーム・サービスで珈琲を注文し、今、お茶が来ますから、ちょっと落着いて、お世話をかけましたわと、労《ねぎら》った。

「それで？」

私は、今日が駄目ならどうなるんだ？　と訊ねた。縋《すが》るような思いだった。

「とにかく、明日の午前中に出るのを二席確保しました。ストの皺寄せで、これまた、どの便も満席に近い状態なんです。二席がやっとでした。それも、フランクフルト乗り替えで、面倒ですが仕方ありません。四席に拘泥《こだ》わっていると、どうにもなりませんので、とりあえずは、ご夫妻がそれでお帰り下さい」

「それごらんなさい。呑気かどうかの問題ではなくて、そうするのが現実的でしょ。私の云った通りじゃありませんか」

と、優子が、場違いな自慢をした。

「ありがとう。二席でも助かる。エール・フランス？」

「ええ、フランクフルトまでは。そこからは、日本航空です」

「余分な苦労をさせてしまって」

私は、優子の自慢には反応せずに、植松に礼を云った。若い彼には大変だっただろうと、心の底から思っていた。

植松は、やあと照れとも恐縮ともつかぬ顔をし、この旅行、添乗員としての私のデビューだったのですが、結構大変でした、と云った。

「いきなりマドリッド空港の濃霧でしたから、正直、これはどうなることかと思いました。飛行機は、思ってもいなかったバレンシアへ着いて、その手配のやり直しだけでも、私にはめいっぱいだったのに、その後もいろいろ、この前は、女性二人がロンドンへ行ったきり帰って来なかったし、そして、今度がこれ、ストと重なりさえしなければ、今日発っていただけたのですが」

と、疲労困憊という顔をした。

「デビューにしては、きつかったね」

「いや、勉強にもなりましたが」

ルーム・サービスの珈琲が届いた。私たち夫婦がぼんやりしていると、植松がチップを払った。

「チップは百倍にして、東京でご馳走するから」

と、私が云うと、植松は青年らしく、お願いします、と頭を下げた。気持が少し楽になって来ているのがわかった。

気がつくと、窓に弱々しい飴色の光があたっていた。景色は陰画のようだった。珈琲で神経を安めながら、何となく、その窓の方を見やっていると、驚くほど近くで、パトロール・カーのサイレンが響いた。緊張を強いながら、どこか間抜けた奇妙な音だった。

「事故かしら?」

優子が窓に立った。

「それにしても、これからの二十四時間、落着きませんね」

植松にそう云われ、私たちは、全くその通りだ、この二十四時間こそ、有為であれば気が咎め、無為だと苦しいだけの、妙なものになるだろうと思っていた。

6

実際、その日から翌朝にかけてのまる一日は、おそろしく長く、息苦しく、さらに、何も出来ない無力感まで加わって、たまらなかった。

いっそのこと、面白おかしくはしゃいで過して、アッという間に時間が過ぎたという結果に、してしまおうかとも考えたが、それは考えるだけで、出来るものではなかった。

私は父を失い、悲しみに沈んでいるということでは決してなかったが、だからといって、何でもなしに平然と、破廉恥なことまでやれるかというと、そうではない。自ずから身を慎もうとする気持は働く。ふり払おうとしても、それはやはりしがみついて来る。

それを察して、妻の優子は、さかんに不謹慎をすすめるのだが、それも、言葉だけに終わる。

「二十四時間、喪に服するように過しても、お祭り騒ぎで過しても、結果が同じだとするなら、気持が晴れるようなことをしましょうよ。お義父さんのバチが当るかもしれないけど、あなたが苦しそうでない方が、私にはいいのよ。遊びましょう」

などと、優子は云うのだが、じゃあ、何をするとなると、そうねえ、あれもこれも気が咎めるかしらねえ、気が咎めると、倍になって責めて来るかもねえと、方法が見つからない。

　大体、肉親の死などというものは、臨終と同時に社会性を帯びて来て、それ相応の行事を行なうことに忙殺されてしまうから、もの思う暇などないのが普通である。最も感傷的な淋しさや悲しさですら、入り込む余地はないのである。

　たぶん、今頃、父の死を見取った母や姉妹たちや、社会性を果すために狩り出された人たちは、そうであろう。泣いてなどいられない。喪主が帰って来るまでどうしようかという思案で、いっぱいの筈である。

　選りに選ってこんな時に、家族そろってヨーロッパへ行ったりしてと、愚痴ったり、罵ったりするだけでも気が紛れる。大変だが、まだ救いはあるのである。

　ところが、私たちは、どうにもならない場所にいて、ただ過ぎて行く以外に意味を持たない二十四時間を、与えられてしまったために、かえって、父やら、人間の死やらと、対面しなければならなくなった。

　それは、想像以上に辛いことであった。たとえば、父はもう死んでいる、死んでなお私を待っている、私が帰らない限り、灰になることさえ拒否していると、考えなければならなかった。

　私は、時間乞食と云われるくらい仕事をしていたから、いつも時間が足りなかった。

一日二十四時間は少な過ぎ、あと二時間もあればなあと、無意味な愚痴を云いつづけていたが、こうやって過ぎることを待つ一日は、何と長いのだろうと驚いていた。

妻の優子は、健気であったが、その健気さや、特に顰蹙《ひんしゅく》を買いそうな不謹慎な言動でも、この時間は、どうにもならなかった。

私は優子を連れて、冬のパリの街を歩いていた。いや、連れてというより、優子がついて来た。セーヌ河に飛び込まれても困るから、と彼女は云った。

「馬鹿云え」

私は苦笑した。何で死ななきゃならない、とも云った。私たちは歩いた。

息子の太一は、義妹の友子に委せた。このような時に、勝手に遊ぶのは何だか申し訳ないわ、と友子は云っていたが、私は、呑気だと怒った前言を撤回して、どこかで見物でもして来てくれ、と頼んだ。

二十四時間、家族そろって窮屈な思いをしながら、溜息をついているのはかなわない。それは、私一人で充分だった。しかし、優子はついて来た。

全く、冬のパリは、暗く寒かった。空気の中に含まれた、わずかな水分と埃が凍ったように、風景の粒子が荒れて見えた。灰色とセピア色が風景画の基調で、何故か、くすんだ色の赤だけが目立っていた。

そして、暗さや寒さとは関係ない筈だが、その街を影のように移動する人間の誰も彼も、小さく思えた。急ぎ足の人の顔は険しく、ゆったりと歩を運ぶ人の表情は、いくらか穏やかだった。

しかし、私はというと、その誰よりもゆったりと歩いていたが、険しい顔をしている筈で、優子が腕を取って、からだを寄せて来た。恋人のように気分を出してというより、保護する考えでいるらしいと、思った方がよさそうだった。

私は、この街で、このような冬を孤独に過したら、淫乱になるか、酔っぱらいになるか、それとも、残された道は、革命家か詩人だな、と思っていた。それを口にすると、優子は笑い、でも、何だかみんな、喪服を着ているように見えるわねえ、と眉を寄せた。

コンコルド広場から、シャンゼリゼの大通りを上って行き、あまりの寒さに、途中カフェに入り、エスプレッソを注文した。カフェにはガラスが嵌まっていて、凍りついた街を見物することが出来た。

「親父の声が思い出せない」

私は、エスプレッソを唇を湿らせる程度に飲んで、そう云った。声？　と優子が訊ねた。私は、そうだ、声だよと頷き、画面があるのに音声が途切れたとか、難聴になったり、幻聴に妨害されて聞こえないということではなく、初めから、声も言葉もなかったような気がするんだ、と顔を顰《しか》めた。

私は、悲しい芝居を、妻に見せているわけではなかった。実際に、父の声が思い出せなかった。途中から意地のようになって思い出そうとしたが、そうすると、なおのこと、無音で無声になった。

誰かがとてつもなく饒舌で、それにつられて家中がにぎやかになっている、という家族ではなかった。しかし、家族は、常に顔をそろえて食事をするのがきまりになっていたから、一つや二つの話題は毎回あった。それを何十年積み重ねただけでも、何万程度の言葉になる筈なのに、一つとして思い浮かばない。声質さえわからないというのは、何かが拒んでいるとしか思えなかった。

「そのうち、お義父さんが、いっぱいしゃべり始めるわよ。耳がワンワン鳴るほど」

と、優子が云い、それから、私は、あなたの中にお義父さんを見たくないな、好きとか嫌いとかとは関係なく、全く別の人であってほしいな、と煙草に火をつけた。

「ごめんなさいね」

「いや、いいんだ。俺だってそう思っているんだから」

「さてと、何します？　まだ二時間しか消化してないのよ。映画でも見ましょうか。途中の映画館に人の行列が出来ていたから、いいのを上映しているのじゃないかしら」

「いいのでなくても行列するんだ。行列が好きなんだ。フランス人て妙なところがあるんだ」

そして、私は、また思いの中に沈んで、記憶力はいい方なのに変だな、不思議なことが起きるものだと、父の声に拘泥わった。

こんなことをしていると、とても二十四時間を苦痛を伴わずに過すことは、無理だと思っていたが、思いがけない人間に会ったことで、それはいくらか解決することになる。

あまり食欲もなかったが、無理にでも食べた方がいいということになって、シャンゼリゼ通りの中程にある日本料理店へ入った。

和食が食べたいわけではなく、こんな時に、下手な英語を使ったり、読解困難なフランス語のメニューを見るのは厭だな、というのが理由で、結局、この前、特別製の御節料理を食べた店にやって来たのである。

そこで、その男は、マネージャーのようなことをやっていて、私の顔を見ると、阿井先生と懐しそうに云った。

それから、この前いらしていただいた時には、ちょうど日本へ帰っていたところで、話を聞いて残念だと思っていたんですよ、と如才がなかった。

店内には、まだ松飾りがあった。全体に暗く、極度に低くした音量で、箏曲の「春の海」が流れていた。私は、パリはまだ正月なんだ、と思った。

7

黒いタキシードを着た男は、伊原英二《いはらえいじ》といった。私には、伊原としか記憶がなかったが、彼がきちんと名乗った。

七、八年も前になると思うが、放送作家が大勢集まっていた私のオフィスに、芸能関係なら何でもいいから働きたい、特に作家にならなくてもいいからと、出入りしていた。芸能関係といっても、オフィスにタレントがいるわけでもなく、結局放送作家のグループに入って、音楽番組などの構成台本を書いていたが、そのうち、全く姿を見せなくなってしまった。

放送作家として、そこそこの才能はあるように思えていたのだが、どうも集中力に欠けるようなところがあり、いいかと思うと、全く手抜きの物を持って来たりした。その上、致命的な欠点は、時間にルーズなことで、何度か打合せをすっぽかし、放送に穴をあけそうになったこともあった。

仲間うちの作家の話によると、ルーズなのは時間だけではなく、女に対しても同様で、まあ、このような性格であるから、脱落も当然と思われていた。それを惜しむほどの才能でもなかった。

しかし、その伊原がパリにいたとは意外だった。当時は、まだ学生らしい顔をしていたが、もう三十歳にはなっている筈で、パリ暮しも手伝って、自然に身につけた凄味としたたかさを、愛想の奥に秘めた顔になっていた。見ようによっては、ワルに見える。

「いろんな方、お見えになって、それなりのお世話をしてさし上げているんですよ。先生のように、奥様ご同伴の方は珍しいケースですから」

と、伊原は、少々下卑た笑いを見せ、先生のお友だちの劇画家の上川一人さんとも、二、三日楽しく遊びました、と云った。

私は、この男としゃべっていると疲れるなと思い、食事が終わったら、成可く早く店を出ようと考えていたが、トイレに立っている間に、妻の優子が、実は今日一日こういう理由《わけ》でと、事情を話してしまった。

伊原は、それなら、全く何の緊張もなく、無駄に時間を過せる場所がありますから、ご案内します、なあに、別に怪しげなところでも、いかがわしいところでもありません、ただ、呑気に時間が過ぎることだけは請負います、と云った。

それから、生真面目な表情を作り、何と云ったらいいか、お父様のこと、ご愁傷さまでした、と深々と頭を下げた。

結局、私と優子は、伊原について店を出た。シャンゼリゼ大通りを横切ったらすぐで、リドの近くですと云い、まあ、いわばカジノですけど、そりゃあ、欲も殺気もない平和のもので、と笑った。

伊原は、道々、日本の芸能界や音楽界のことをいろいろとしゃべったが、その情報は私よりもはるかに詳しかった。パリにいて、日本からの客を相手にしながら、いずれ何かをと野心を持っているらしい男のしたたかさを、感じさせた。

何かを書いているのかと訊ねると、伊原は大きく手を振り、お人が悪いなあ、才能がないのはご存じじゃありませんかとお道化、私を厭な気持にさせた。

そのカジノと称する場所は、古びたビルの四階だか五階だかにあった。ドアの開閉も手動のエレベーターで上った。

伊原は、顔馴染みというか、顔利きのようで、入りにくい秘密めいた雰囲気の場所へ平気で入って行き、歓迎された。

「このカジノ、どういうわけか女性は入れません。女性はこのバーまでです。申し訳ありません、奥さん、しばらくここで飲んでいて下さい。時々、気を鎮めに出て来て、合流しますから」

と、伊原に云われ、優子は一瞬、あら、そういうことなのと不興気であり、また、怯みもしたが、見渡すと中年以上の女性客ばかりが静かに飲んでいる雰囲気なので、いいわ、どうぞ、遊んで来て、と云った。

カジノは不思議なものだった。遊ぶものは一つしかなかった。ルーレットと玉撞《たまつ》きを組み合せたものに、スタンドにいる客が金を賭ける。ビリヤードで撞いた玉が、普通より区分けの大きいルーレットの、どの色のどの数字に入るかを当てるだけのものである。スタンドのテーブル、と云うよりはバーだが、何に賭けたかを示す札がある。

「気がつきましたか？」

と、伊原が、運ばれて来たオレンジ・ジュースを飲んで、小声で云った。そして、この中では、アルコールは飲めません、女性を入れない理由も同じだそうです、奥さんには云えませんでしたがね、と笑った。それから、気がつきましたかというのは、そういうことじゃない、場内をようく見て下さいよ、ちょっと変わっているでしょう、と云った。

「玉を撞く人も、ルーレットを回す人も、賭け札を確認したり、当り金を配る人も、それから、飲み物のサービスをする人も、みんな中年から老年の男、しかも、みんな小柄で、からだが不自由に思えるが」

私は気がついたことを云った。入った時から気になっていることだった。

「さすがに観察が行き届いてますね。全員競馬の騎手なんですよ。負傷した競馬の騎手たちが働くためのカジノというのも、珍しいでしょう」

それから、伊原は全く唐突に、お父様、おいくつでした？　と訊ねた。

私は、七十五、いや、まだ七十四だったかなと答え、元競馬の騎手たちねえ、と深い溜息をついた。父は巡査であり、競馬とは何の関係もなかったが、そんな風に思わせるものはあった。

カジノは、実に単純で、のんびりとして、一回の賭け金も少額だった。しかし、面白かった。一回一回わざわざ玉を撞くという不合理さも、博奕という猛々しさや禍禍しさをなくしていて、眠くなりそうな気分だった。

これなら、間違いなく時間は潰れるだろう、と思った。色と数字の両方を当てるとなると、可成り低い確率になるが、色だけなら四分の一の確率で、持ち金は増えも減りもしない。

大して儲かることも損をすることもなく、私は、穏やかな気分でスタンドに居座り、毎回賭け札を出していた。そして、二十四時間を食い潰すにはこれしかないだろうと、伊原に感謝したりしていた。

しばらくすると、ちょっと奥さんのお相手をして来ますよと云って、伊原が退席した。私は、頼むよ、と云い、また夢中になった。

気がつくと、だいぶ勝っていた。適中が数回つづき、他愛なく気分が晴れて来た。私の好調は客の間で注目されていた。比較的静かだった室内が、何度目かの適中でどよめいたりした。私は、チップをはずんだ。受け取って礼を云った男は、左脚が義足だった。

それでも、時折正気に戻り、また、父の声を考えたが、思い出せなかった。

戻って来た伊原が私の手許を見て、オメガぐらい買えますよ、と云った。それから、

「奥さん、先にホテルへ帰るそうです。明日の朝までに帰って来てくれればいいから、のんびりして下さいっていうのが伝言です」

と、オレンジ・ジュースを口に含み、目で笑った。

明日の朝まではならなかったが、深夜までは伊原と飲んで過し、凍りついたようなからだでホテルの部屋へ戻ると、妻の優子はまだ起きていて、本を読んでいた。

「太一たち、楽しかったそうよ」

それから、悪い遊びをしても今日は許すって、彼に伝言しておいたのにと笑ったが、この時間に帰ったことを喜んでいる様子であった。

「勝ったよ。儲けた」

と、私は云った。そして、勝った証拠のフランの紙幣をバラ撒き、セリーヌでも、ランバンでも、鞄の一つぐらいは買えるよと、鷲摑みにした紙幣を優子に渡した。

そして、やっと十六時間ばかり過ぎたかと、ネクタイを弛めている時、無意識にアッと叫んだ。

全く唐突であったが、父の言葉を一つだけ思い出した。それは、いつ、どういう場であったか、

「お前の歌は品がいいね」

と云ったもので、いささか喘息気味の掠れた声、口から立ちのぼる龍角散の匂いまで、同時に思い出した。

第二章

巡査

8

私の父の深沢武吉は、生涯巡査であった。

三十数年実直に勤め上げて依頼退職を申し出た時、何らかの功労を感じて貰えたのか、巡査部長になった。

辞める人間に昇格は無意味に思えたが、これがそうでもなく、退職金や恩給の額に相当の割増があるということで、母のきく乃などは、手放しに喜んだ。

退職直前に手渡された辞令を見て父は、これ以上はないと思われる羞恥の表情をした。ただし、何も云わずに、その辞令は神棚に上げた。

私は、その時、深沢武吉は初めて巡査で通したことを後悔している、と思った。巡査のままで退職を許されていたらよかった。それはそれなりの生き方で、一つの誠実な、筋の通った人生だと胸を張れたのであろうが、最後におなさけが加わったことは、口惜しかったに違いない。

やっぱり他人の目から見ると、ずっと巡査のままであったことは、同情すべき一生だと云われたようなもので、そう考えると、突然の羞恥が襲ったのであろう。

家族の中で、その父の内なる恥ずかしがりように気がついたのは、私だけだと思っている。事実そうであった筈である。

その時、私は高校三年生で、いわば、父とはいちばん遠いところに心を置いていた時期であったが、男同士ということか、それとも、同じ血だということか、何故か父の気持はよくわかった。

家族内の空気としては、母と姉と妹と女三人、辞令の巡査部長の文字が光り輝いて見えたとでもいうのか、ええねえ、ええねえと云いながら、

「やっぱり、元巡査というよりは、元巡査部長の方が、なんぼも、なんぼも、見場《みば》がええわ」

と、お祝い膳でも出しかねない喜びようであった。

父はというと、見場で決められる価値観は堪えたに違いない。それなら、今まで、見場が悪かったということか、と云いたかった筈なのだが、父は黙っていた。

女たち三人は、無邪気だった。喜べば喜ぶほど父のこれまでを傷つけることになると、誰も考えなかった。

かといって、私が何か出来たかというとそうではない。私も、父の秘かな羞恥にこそ気がついたが、その生き方としては、必ずしも肯定していたわけではなかったからであ

る。

深沢武吉が退職を決意したのは、五十五歳を迎えた時である。待ちかねてという感じがした。警察官は必ずしも五十五歳が定年と決められていたわけではなかったが、父は、世間の常識に従いたがった。

世間の常識を過ぎてなお、連綿と勤めていると、厄介者と思われると考えていたようで、ピタッと辞める、一日もこぼれずにピタッと退くと、前から云っていた。

それと、ちょうど私が大学へ進む年と一致していたことも、区切をつけるに都合よく、

「この先、わしは何があっても働かんぞ。金が底をついて、飢え死にしそうになっても、働かん。そのつもりやから、みんな覚悟してくれ。疲れた。しかし、わしは、充分にようやった」

と宣言して、生れ故郷の宮崎県に住む家を見つけ、言葉通りに、何らの形でも働こうとしなかった。

母のきく乃も、最初の頃こそ、あの大変な時代に巡査をやっていたのだから、身も心もボロボロだろう、働きたくない気持もわかると夫に理解を示していたが、それが永久につづくように見えると、

「今どき、五十五から隠居をきめ込んだら、先が辛いんと違いますか。何ぞしたらどうです？」

と、それとなく、いくらかの労働をすすめるのだが、

「わしはもう、わしのやるべきことは全部やった。二人で暮して行く上で不足があるとしたら、それは、お前が補う番や。補う甲斐性がないんなら、黙っとれ」

武吉の返事はいつもこうで、きく乃の手に負えるものではなかった。

社会の常識がどうであれ、五十五歳というのは如何にも若いと思える。

社会の常識は、五十五歳で表舞台から退くことを強いてはいるが、それからの人生の義務や責任からの解放を、約してはいない。表舞台の時代を称えながら、のんびりと生きることもすすめてはいない。だから、生涯の仕事という思いの職は退いても、大方の人は、生きるため、老いないために働く。

しかし、私の父の深沢武吉は、どういう思いでこの五十五歳を捉えていたのかわからないが、老いを加速させようとしていたように思えるのである。

私は、今、既にその年齢に達し、父のことを時には考えてみる立場とか、気持の余裕を得ていたが、完全にはわからないものがある。

父の武吉は、生れ故郷の町ではないが、その近くに、運良くかなり立派な家を手に入れた。どこで退職後の人生を送るかも問題で、多くの人は、二十歳で縁の切れた故郷より、三十数年巡査としてきちんと勤め上げた淡路島で、家を見付けたらどうかとすすめてくれたが、父は、それは頑なに拒んだ。

「巡査だから住めたところで、巡査でなくなったら、住めるところではない。そういうもんや」

それはもう、考えに考え、身に染《し》みて感じていたことの結論のようで、どのような好意的な言葉にも、うんとは云わなかった。

しかし、かといって、故郷に拘泥わっていたかというとそうでもなく、淡路島以外ならどこでもいいのだが、具体的にどこと考えると適当がなく、宮崎県ということになったのに違いない。

とにかく、運良くと云ったが、本当に幸運にも、急いで家を売りたい人が見つかって、かなりの家が退職金の半分ぐらいで手に入った。老夫婦と末娘の登喜との三人暮しでは、大き過ぎるくらいであった。私は東京の大学におり、適齢期をやや過ぎかけていた姉の千恵は、神戸に残って、自分の青春を自分らしく生きると云っていた。

その家には、ちょっと目印になるくらい大きな木蓮《もくれん》があった。大名竹と紫陽花に囲まれ、前庭と裏庭もある、退職巡査の持ち家としては、過ぎたものであった。

父の武吉は、裏庭で十数羽の鶏を飼い、花と野菜を作った。やるべきことは、それらを相手にするだけで、退屈を貪り、老いることを望み始めた。

巡査を辞めて出来そうなことは養鶏ぐらいだと、同僚たちと話し合っていたこともあるが、十数羽の鶏ではそれにも至らない。せいぜい毎回の食卓に卵が不自由しない程度である。

その鶏も、私が帰省の度に、最大のご馳走として一羽ずつが犠牲になる。私は、嬉々として鶏の首を絞め、熱湯をかけて毛抜きをする父を見ながら、その度に、思い描いていた父と違うものを感じていた。

母のきく乃に云わせると、お父さんはすっかり違う人になってしもうて、やっぱり巡査の時の方がよかったなあ、ということであるが、年に一度か二度、大学の休みの時に会うだけの私には、ちょっと違うなという程度であった。

もしかしたら、私に対しては、少し意識して、巡査時代の顔や態度をつづけていたのかもしれない。

「この前、鶏に悪さをした鼬《いたち》を捕えて、首吊りの折檻を一日もつづけてたけど、あんなお父さん、見たことないわ。それに厭なのは、何でかしら、畑で立小便するのが癖になってしもうて、あんなに立派で、シャンとして、恐しげな人やったのになあ」

と、母は嘆くのだが、私にはそれを見せていない。急激に男の緊迫感のようなものが失せていることは、それなりに気づいていたが、のんびりしたいんやろ、と云っていた。

しかし、ある年の暮、私が東京から帰ると、母のきく乃が待ちかねていたように、

「人間って変わるものやねえ。お父さん、すっかり吝嗇《けち》になってしもうて、その上、兄弟や親戚の誰も彼もが、退職金を狙って訪ねて来ると考えるのよ。事実、まあ、そん

なこともあるけど、それは現金の都合のつかん時に、ちょっと融通してぐらいのことで、騙そうとか、奪《と》ろうとかいうことやない。それなのに、あいつらと来たら、どいつもこいつもと云うのよ。私の方の親戚なんかに貸したら、それこそ大変で、約束が一日遅れても、お前、行って返して貰ろて来いって云うんやから、辛うて、辛うて、宮崎なんかに戻って来るんやなかった」

と愚痴った。そして、あんたには聞かせとうない話やけど、他に云う人もないし、と泣いた。

そのような変化は、母にとっても意外だろうが、子供の私にとっては想像もつかないことで、あの父が、あの深沢武吉が、吝嗇《りんしょく》になり、被害妄想的な人間不信になっているかと思うと、呆然とするところがあった。

深沢武吉は、立派な人でも成功者でもなかったが、少なくとも私にとって、硬質の美意識を備えて、見苦しくなく生きた人ということで、誇らしく思っていたからである。

私は、決して、父の生き方や父の人生をなぞろうとはしない、むしろ、反面教師とすら思っていたが、しかし、不細工に不器用に生きた男の中の、決して汚れない魂のようなものは敬い、愛していたのである。

9

巡査の子供というのが、これがなかなかに厄介である。不運とか不幸というのではないが、決して気楽ではない。厄介というのがあたっている。

迫害を受けるわけではないが、かといって、心の底から許し合って生活しているわけではない。子供同士どんなに無邪気に遊んでいても、私と他の子供たちの間に見えない壁のようなものがあることを、おたがいに知っている。

私の方の過剰な意識だけではなく、ごく田舎の、およそそういうことへの神経は働かないと見える子供たちの方も、ちゃんと認識しているのである。

それは、一種の緊張感を生む。よそよそしいというほど目立つものではないが、最後の一枚のところで、本心を見せ合わないつもりでつき合っている。最後の一枚の皮を捲って見せたら、それで終わりになると知っているのである。

現在はそうでもないだろうが、私が子供の頃、田舎の町や村というのは、他所《よそ》から移り住んで来るということはめったになく、ほとんどが、何代も前からの顔見知りで構成されていた。

たまに新しい顔が増えることがあっても、それも、どこそこの、誰それの縁つづきの何某と、安心材料がちゃんとあった。

そういう中で、駐在所巡査の一家というのは、例外的な他所者であった。得体の知れない者に対するような警戒心はない。これは、国家が保証している。何だかんだ云っても、国家の保証は安心に値いするのである。しかし、安心出来るからといって、素ッ裸になってつき合えるかというと、そうではない。

理由は二つあって、一つはこの家族が、決してこの土地に根付こうとしている人たちではないということ、もう一つは、保証人がそうであるように、国家の側の人間であるということである。

国家は、信頼すべき存在であると同時に、油断のならない、恐ろしいものであるということを、本能的に知っているから、裸になる直前で警戒心を働かせる。

それは、大人でも子供でも同じである。露骨であるか、無邪気であるかの差はあったとしても、こういう、見えない壁を前提にして、人との交際を持つのである。

「うっかり、気い許してペラペラしゃべって、最後のところで、御用ってなことになるのも、かなわんしなあ」

というのが本心である。それは彼らの自衛でもある。そして、子供もまたそう思っている。思えば、まことに厄介である。そういう緊張の中で、子供時代、少年時代を過したことは、只事では済まないかもしれない。

しかし、巡査の子供ということで、苛められることはない。その子供の性格にもよるだろうが、むしろ、大事にされる。時には、畏敬の念を抱いて接しられることさえある。

とにかく、巡査というのが恐い存在であるから、その子供に対する扱いも慎重である。普通なら、苛められるようなタイプの子供であっても、それほどの被害は受けない。逆に、ちょっとでも強い子供であれば、大仰に云うと国家権力が力を増幅してくれて、君臨することさえ出来る。巡査の子供が、マイナスでないこともあるのである。

それに、駐在所の子供が人気者になることもよくある。これまた、個々の子供の性格や体質にもよることだが、巡査が、町や村で数少ない給与生活者であることも、関係している。

少なりといえども現金が入ると、それなりの生活の変化がある。月に一度は、雑誌やレコードや玩具が増える。

たったそれだけの変化でも、文化的環境の全くない田舎の子供たちにとっては、大変な魅力で、駐在所は集会場のようになったりして、実に微笑ましく、何ら憂うことのないような光景として見えるのである。

だが、畏敬や畏怖と信頼や親愛と違うのは、大事にされ、君臨させて貰い、人気者であったとしても、心を許していない、決して裏切らせない、いつ去っても悲しくない、そういう心づもりで、おたがいが接していることなのである。

どんなに無邪気に笑い合って遊んでいても、彼らは、

「巡査が来たぞう」

の一言で、パッと、それこそ蜘蛛の子を散らすように逃げる心構えが、出来ている。

巡査はそういう存在だということを、教えられていたのであろう。

その一言や、それにつづく逃げるという行動が、遊び友だちである私の心を、どれくらい傷つけるかなどということは、全く考えないのである。

とにかく、彼らにとっては、巡査とは、姿を見かけたら逃げるものだと、生れる以前から血の中に注入された情報のようにあるようで、疚《やま》しいところがあろうがなかろうが、条件反射のように駈け出すのである。

終戦以前のことである。戦後はそれほどでもない。本質的には変わっていないのかもしれないが、表立って露骨に恐怖を示すことはない。

戦争中のことは、私自身が小さくて、あまり多くのことの記憶はないのだが、それでも、巡査が来たぞうの一景は、いくつも思い浮かぶ。

たとえば、私たち、六つか七つの子供たちが野っ原に尻を据えて、誰かが盗んで来た乾燥芋を食べている。もう食糧が底をついて来た頃で、私たちの全てが痩せ細り、いつも腹を空かせている。その頃には、純粋の遊びというものがなくなっている。少国民と

して虚弱なからだを理不尽に鍛えられたあとは、食べるものにつながることしかなくなっている。とにかく食べたい。

乾燥芋を盗むことは悪事だと教えられているが、同時に、乾燥芋ぐらいまでは大目に見て貰えるということも、子供たちは知っている。

だから、ちょくちょくと盗む。しかし、悪事であることが、消えたわけではない。普通の大人たちに見つかると、こら、あかんぞ、ぐらいで済むものが、巡査の目にとまると、非国民の誹りを受けるかもしれないと、潜在的に思っている。しかし、腹が減るから盗んで食べ、食べると顔が和むのである。

その和んだ顔が、草原の小動物のようにひきつって、警戒心を示すことがある。シイッと唇をおさえて、耳を澄ますのである。

彼らが聞き分けようとしているのは、サーベルの音である。つまり、私の父の、巡査の腰に吊されたサーベルが、歩行の度にカチャカチャと鳴るのを、聞き取ろうとしているのである。

巡査という存在が子供たちに恐怖心を与えるいちばん具体的なものが、このサーベルである。サーベルで切られたことも、突かれたこともないわけであるから、これは何かの象徴である。

カチャカチャという音が聞こえただけで、子供たちが口を噤《つぐ》み、身を慎むのは、何に起因しているのであろうか。

泣き喚く子を黙らせるのに、巡査に云いつけるとか、人拐《さら》いにくれてやるとか、当時の母親はよく云っていた。巡査と人拐いが同じであっていいわけがない。しかし、恐怖の種類としては、全く同じに使われていた。

乾燥芋を半分口に押し込んだままの、災厄や危険を探り出そうとキョトキョトする子供たちの顔を、今でも覚えている。

「ほら、カチャカチャや、聞こえへんか」

秋である。青空があって、たぶん夕暮に近くなっていて、赤とんぼが異変を起したように群れて飛び、近い空が赤くなっている。野っ原から田圃の畦につづくあたりに、彼岸花が毒々しく咲き誇っている。

その向うで、確かにサーベルの音が聞こえた気がする。カチャカチャと連続しては鳴らない。時折、カチャッと響くのは、父が、不安定にぶら下っているサーベルを手で支えているのであろう。

そのうち、見通しのきくところに、間違いなく巡査が姿を現わす。角張った姿である。子供たちは仁丹の看板のようだというが、あんな礼服ではなく普通の制服に過ぎない。

しかし、カチャカチャでさえ怖れる子供たちにとって、鼻下に髭があって、制服を着て、サーベルを下げていれば、仁丹の看板の威厳と同じなのである。

「巡査が来たぞう」

誰かが逆上してそう叫ぶと、子供たちは、それこそ、虎口から逃れる勢いで走り出す。乾燥芋を盗んでいようがいまいが、実は関係なく、彼らのからだの中に逃げたい気持があるのである。

そういう時、私はどうしたかというと、やっぱり一緒に逃げた。

子供同士の連帯のためだったのか、それとも、単なる勢いだったのか、同じように弾みをつけて、巡査が来たぞうとは云わなかったが、懸命に走った。

だが、子供たちとともに最後まで逃げ切ったことはない。途中で、いつも気がつくのである。何のために、誰から逃げているのか、そう思うのである。

私は、カチャカチャが恐いわけではない。好きではないが、決して怯えてはいない。それに、サーベルを下げているのは、確かに巡査ではあるが、私の父でもあることに気がついて、足を止めるのである。

如何にも巡査という威厳と風格の、おそらく他人から見れば、どこか恐く感じるであろうと思われる父が、何事もないような感じで歩いて来る。

背景に、炎のように燃え立つ彼岸花と、空気を染めた赤い煙のような赤とんぼの群れが見え、鬼神のような形相で父がいる。

私は恐くない。どこかで立派だとさえ思っている。しかし、普通の父であれば、百姓でも、漁師でも何でもいいから、特別の目で見られない父が望ましいと、心のどこかで考えている。

六つか七つであった私は、遊び仲間たちと一緒に、一匹の蜘蛛の子になって散るわけにも行かず、かといって、そこから方向を変え父に駈け寄ることも出来ず、何とも行き場のない感じで立ちつくす。

厄介とは、こういうことであるかもしれない。

子供同士の中で、何か目に見えない壁を意識していると同時に、父に対しても、また、同様の距離、ちょうどその時立ちつくしていただけの長さを、ずっと感じていた気がするのである。

10

巡査の子供の、奇妙な反逆と堕落について考えてみる必要があるな、自分を考えてみてもそうだが、順法の精神と無政府主義的な無拘束への憧憬と、それらが混然として、独特の個性を作り出している。

踏み外してはならないという本能と、何が何でも踏み外したいという精神の葛藤は、これは、自我が目覚める以前から渦巻いているのだから、奇妙にもなる。

不思議なことは、踏み外す方を取るか、踏み外してはならない方を選ぶか、どちらか一つにしたらいいのに、そうはしない。二つの綱引き、二つの撲り合いを常に抱えている。だから、中には、まるで二重人格に思えるような人もいる。

踏み外す踏み外さないは、何に対してということになると、それは巡査であった父である。巡査と父と、どちらが重要かというと、それは父であるのだが、具体的には、巡査を核にして考えてしまう。

都会の警察官と田舎の巡査では、だいぶ違って思えるところもあるのだが、基本は同じであろう。ただし、都会の警察官の子供が、四六時中巡査の子供であることの損と得に晒《さら》されていたかというと、そうでもないだろうから、積み重なり方の差は多少ある。

しかし、父を考える時、同時に、国家とか権力を考えてしまうことは否定出来ない。愚直で平凡な父にそれを背負わせることは、実に酷で、単なる勤め人と解してもいいのだが、それがなかなか出来ない。

特に青年期には、別に思想的に左傾していなくても、父を肯定することが権力を鵜呑みにすることと同じだと思うと、抵抗を感じるのである。大きいものにすんなりと甘えてしまう気恥ずかしさ、と云ってもいい。

しかし、本当のところ、それぞれの子供たちは、父は巡査ではあるが、そんな大それた存在ではないことを知っているのである。知ってはいるが仕方がない。敬意は敬意、敵意は敵意、両方とも捨てられなくなってしまい、奇妙な屈折と、とんでもない飛翔をする。

「なあ、そうじゃないかな」

と、私は云った。

話し相手は、元プロ野球選手の評論家で、タレントとしても活躍している江木《えぎ》竹守《たけもり》で、私は、その日、彼の番組にゲストで出演していた。

もちろん、気楽なトーク・ショーの中で、巡査の子供の、奇妙な反逆と堕落についてなどと、しゃべったわけではない。番組では、歌と野球の話をした。

歌に関しては本職であるし、野球に関しては熱烈なファンとされ、また、野球をテーマにした小説も書いて、ちょうど映画化された折でもあり、そんな話もした。

番組の収録が終わって、おつかれさまの珈琲を飲んでいる時、江木竹守が、ぼくの親父も警官でしてね、と云った。きっかけは、野球をテーマにしたという私の小説で、主人公は少年で、淡路島の駐在所の子ということになっている。

それから少し話が弾んで、彼は、結構巡査の子供というのが面白い活動をしているんですよと、彼も、彼女もと、何人かの名前を挙げた。

私は、自分自身の問題として時折考えることがあったが、他にどういう人がいるかなどと思ったこともなかったので、へえ、それは面白いねと驚いた。

　夭折した歌人もそうだと云った。彼は劇作家でもあった。’60年代から’70年代にかけ、行き場のなかった少年や青年たちの心を摑んだ。野球の巨人ファンで、競馬好きで、反権力で、アンダーグラウンドで芝居をした。巨人が好きという体質と、反権力が同時進行なのも面白い。

　また、奇想天外のギャグを描く漫画家も、そうだと云った。非日常のギャグが連発され、無秩序と破壊が大いに喜ばれたが、実は、不思議な節度と秩序が彼の漫画にはあった。

　江木竹守はその他に、気鋭の劇作家と、根強い人気の女性演歌歌手の名前を挙げ、そうそう、もう一人異色がいたと、何かと話題になるポルノ女優のことを思い出した。猥褻行為として何度検挙されても、一向に懲《こ》りる様子のない彼女も、考えようによっては、如何にもらしかった。

　そんな話が出て、私は急に興味が湧き、巡査の子供の精神性の共通項などということを云った。

「まあ、窮屈なことは多少ありましたけど、特にどうとは」

と、江木竹守は云った。そして、ぼくは野球をやっていたから、野球で本格的に上手いと思われることは、ありとあらゆることを超越するものなんですよ、それこそ、敵も味方もなくね、と笑った。

「まあ、いずれにしても、巡査の子供ってのは、いいかげんな奴が多かったですよ。ぼくもその一人だけど」

「そうだね」

「いいかげんじゃないのかもしれないが、いいかげんと思われたがる奴がね。やっぱりねえ、真面目で、固くて、融通がきかないねえと思われるのが、いちばん厭だったんですよ。だから、みんな、いいかげんだった。もっとも、ぼくは、野球をやっていたためた、特に気持を修正することはなかったですけどね」

「いいかげんな奴か」

「そうですよ。阿井さん、どうでした？」

「そういうところもあったかな。堕落願望は確かに強かったけどね」

私は、曖昧に答えた。

いいかげんてことに関していえば、私がそう振舞っているつもりはなかったのに、そんなように解釈され、勝手に納得されることはあった。

たとえば、大学を志望した理由に校歌が気に入ったからと答えて、指導教師の激怒を買ったことがあった。

教師は何故か、きみの親は何をやってるんだと訊ねた。警官ですと返事をすると、何とも嬉しそうな顔をし、そうだろう、そのてのいいかげんさは、警官の息子に特有のものだと、理不尽なことを云ったのである。

珈琲を飲みながら、そんな話に花を咲かせていると、同席していた番組スタッフの一人が、さも素晴しいことでも思いついたというように、

「ご両所を含めて、さっきの顔ぶれ、凄いじゃないですか。こりゃあ、友の会でも作らなきゃ」

と、声を弾ませて云った。

しかし、その時の、私と江木竹守の反応は、まるで申し合せたように、とんでもない、であった。たぶん、私と彼は同じ思いであった筈である。冗談じゃない、鏡張りの箱の中で、油を流させるようなことはさせないでくれ、趣味悪いぞ、きみは、と私は云った。

「誤解するなよ。ぼくも、阿井さんも、巡査の子供で辛かったとか、苦労したとか云ってるわけじゃない。あくまでも、内なる葛藤のことだからな。そうですね。阿井さん」

「そうとも、如何に父を愛するか、また、愛したか、それだけのことだよ。愛し方がなかなか難しかっただけで、それを寄り集まって、ペロペロ舐め合うなんて、見当違い、読み違いも甚しい」

と、私も云った。

それから、江木竹守に、巡査の息子から才人が多く出たというのは偶然だな、偶然、何の因果もないね、そうしようと云った。

友の会を持ち出したスタッフは呆然としていたが、私と江木竹守は、偶然という結論で話を終わりにした。

しかし、実際のところ、友の会などという気色悪いアイデアが出なければ、考えてみる価値のあることだと思っていた。江木竹守はわからないけれど、私は興味を感じた。

踏み外してはならないと、何が何でも踏み外したいが、同居していることは間違いない。私もそうだし、颯爽としたスポーツマンの江木竹守にも、それが見える。

じゃあ、私は踏み外したのか、踏み外さなかったのか。江木竹守はどっちなのか。どちらの答も出し切れないことを、バランス感覚と呼んで称えていいものか、一杯の珈琲にしては、その夜、ずいぶんと感じた。

もちろん、これらは、あの、彼岸花と赤とんぼを背景にした、鬼神のような父の形相を見た日から、四十年もあとのことである。

私は、とうに作詞家阿井丈になっていて、父の深沢武吉の巡査の姿なども、忘れて暮していた頃のことである。

実に久々、突然にそんな話になった。私は、江木竹守の番組に出て、歌と野球の話をするつもりだった。

そして、彼が名を挙げた巡査の子供たちが、実際にそうであったかどうかは確認もしていないのだが、そう云われると、理解出来ると感じる部分がいくつかあるのである。父親を父親としてのみ見ることの出来なかった子供の特質、常に、泥を塗るとか塗らないとか、その二者択一の中で、自我を育てて来た子供たちには、きっと共通の何かがある筈なのである。

しかし、それは決して、友の会などということで括るものではないのである。カチャカチャという他所の子供たちを震え上らせたサーベルの音は、私にとっては恐怖ではない。かといって、愛しく懐しい子守唄でもない。

11

私は、父のことを、ずいぶんあとになるまで、かなりの大男だと思い込んでいた。しかし、実際には、五尺三寸で十六貫、当時としては平均と呼ばれたであろうが、まあ、小男の部類に入る。それにも拘らず、大きく見えた。

子供であった私が、家族内に於ける権力の象徴である父を、巨大化させて考えていたということは、理解出来なくもないのだが、全くの他人もそう思っていた。

四十年も過ぎてから、淡路島を訪れた時、昔の深沢武吉を知る町の人たちが、

「立派な体格をした、えらい剛毅な人やったなあ。わしらもう近寄るのも恐いような感じで、まあ、こんなことを云っちゃ何やけど、恐れ戦《おのの》いてたわけや。けど、無茶な人やなかった。それは、ようわかっとる。ちゃんとした人やったと敬意も持ってたけど、何せ、あの厳《いか》めしい顔で、あの体格や。剣道も強いし、酒も強いし、一口で云うと、豪傑やったな。そりゃあ、ごっつかった」

と、何人もの人がそう云った。

どうやら、その人たちの記憶の中にある深沢武吉巡査は、身長は六尺を超え、体重も二十数貫の巨漢であるようであった。実際との誤差はずいぶんある。

私は、いやあ、父はそんな大きな人ではなかったですよと、修正はしなかった。巨漢と思われているのなら、それはそれで一向に構わない。

このような誤解が何によって生じたかというと、それは時代であったとしか云いようがない。とにかく、国家権力側の人間が制服を着ていると、大きく見えたのである。見る側が必要以上に身を縮めていたから、よけいに大きく見えたとも云える。

ただ、深沢武吉の場合はそれだけではなく、大きく感じられる要素が他にもあったように思う。多少は身贔屓かもしれないが、剛毅とか、ちゃんとしたとか、豪傑とかは、国家権力とは無関係に、父が備えていた資質である。

それはともかく、私は、父を大男だと信じて疑っていなかった。それが実寸通りに見えて来たのは、戦後である。私が成長して、目の位置が違って来たこともあるだろうが、敗戦が深沢武吉を小さくした。

だが、今は、父が大きかった頃のことを書く。小さくなって行く姿は、またあとに書くこともあろう。

深沢武吉は、恐い人とか、厳めしい顔と云われているが、醜悪であったわけではない。凶暴な面相でもない。むしろ、立派な顔をしていた。

がっちりと顎の張った、時代劇俳優のような大きな顔である。

眉は太く跳ね上って、鼻筋も通り、唇は、形というより、への字に結ぶ癖がある。鼻下の髭は、若い時からあったということである。他の道具立てに比べて、目はやさしかったように思う。恐い顔と云われながら、眼光炯炯という印象はない。

まだ若かったにも拘らず額はやや後退していたが、髪の毛には、不似合な感じでウエーブがかかっていた。もちろん天然である。

古いアルバムの中に一枚か二枚、どういうつもりのものであったのかわからないが、巡査の姿をしていない父の写真があって、それは、ウエーブのかかった髪に、縁なしの眼鏡を掛けた異なる印象の顔であった。ただ、私には、父と思い難いところがあって、当時は、好きな写真ではなかった。

もっと父の顔や姿のことを説明するなら、父は太い首をし、肩の肉も瘤のように盛り上っていた。胸も筋肉が充分で厚い。生来が骨太の体格であるところに持って来て、剣道や柔道、特に柔道には才があったようで懸命に鍛えたものだから、立派な体格になった。

ただ、五尺三寸であるから、短軀の部類に入った。だから大男ではないといえばそうなのだが、圧倒する体軀という云い方をすれば、間違いではない。

その上、威厳を最も重要と考える美意識の持ち主であるから、常に表情を固め、姿勢を正していたから、よけいに恐く、大きく見えたのである。

だから、あの、何もかもが国家で統制されていた時代、少々の不満や愚痴までが反逆に通じると怯えさせられ、緊張を強いられていた人々にとって、法と秩序が信条で、威厳が美意識のような巡査が通りかかると、思わず目を伏せ、口を噤んでしまったのも無理はない。

私が思うに、父はそれを得意と感じていたわけではないが、充分に使命を果していた、そうあることが責務であるとは、思っていたようである。

非常事態の時代の中で、父のような立場にあった人間は、国家の運命をどうするという種類の責任を負っていたわけではないが、応用とか融通が混乱の因になると考え、ただひたすら、真面目を貫こうとした。

父の気持を確かめたことはないが、それはそうに違いない。不条理もあれば理不尽もあっただろうが、真面目という一点で職務を果すしか方法はなく、応用と融通は、平和な時代であれば人情に置き換えることも出来るが、当時は無理であったと思うのである。

父は、上半身裸になって、よく竹刀を振っていた。狭い駐在所の中ではその場所もなく、かといって、塀に囲まれた庭があるわけではなく、玄関前でそれをやる。からだの萎えた夏でもやるし、身の縮む冬でもやる。雪の日はやるが、雨の日だけはさすがに酔狂と思えるのか、やめていた。

裂帛《れっぱく》の気合を挙げて竹刀を振ると、鬱憤晴らしであるにせよ、純粋な鍛錬であるにせよ、他人から見ると立派な威嚇行為で、子供たちは悲鳴とともに飛び散り、通りがかりの町の人々は、思わず道路の反対側に身を避けながら、

「これはこれは、旦那さん、ご精が出ますなあ」

というようなことを云う。愛想である。

父は、どこの町や村へ行っても、旦那さんと呼ばれていたようである。巡査を呼ぶには何種類かある。巡査はんとか、駐在はんとか、中には、姓で呼ばれていた人もいる。そして、旦那はんである。

親しさの度合から云うと、深沢はんとか、深沢さんと姓で呼ばれることであろう。次

いで、駐在はんであろうか、これはほとんど屋号に近い。巡査はんには多少の警戒が含まれているが、旦那さんとなると、はっきりと畏怖である。

第一、淡路島の田舎の町に、旦那さんは何人もいない。網元や地主や、僧侶や医者や校長は、旦那さんと呼ばれる資格は備えているが、たとえば、網元はん、校長はんというように呼ばれる。あとは、大きな造り酒屋の主人とか、郵便局長とかが旦那さんになることがある。

父は、旦那さんと呼ばれることを、厭がってはいなかったようである。当然だと思っていたかもしれない。この時代に、深沢はんなどと気安く呼ばれる巡査であったなら、それだけで失格だと考えていたとも思える。

これはこれは、旦那さん、ご精が出ますなあと声を掛けられて、父は、竹刀を振る手を休め、汗を拭くと、

「息子はどないした？」

と訊ねる。たまたまその日通りかかった人の息子が、少しばかり町内でも評判の悪い、場合によっては非国民と罵られかねない、不良だったのである。何度も深沢武吉巡査に呼びつけられ、説教されていた。

世間話というものがない時代である。あったとして、巡査とそうでない人間の間で、アホな戦争や云う人もいますけど、ほんまにアホなもんでっしゃろか、などという種類

の話は出来ない。

窮屈に窮屈になって来た生活のことを、愚痴り合う相手でもない。巡査は必要なことを訊ね、町の人はそれを災厄と思いながら、いい答を考える。

「お蔭さんで、めでたく召集が来ましてん。二日後に入隊ですわ。これで旦那さんにも、当り前の顔が出来ます」

その人は、そう答えている。

「そうか、そりゃめでたいな。もう、あんたも威張ったもんや。うちのも、長男や、まだ十七やけど、志願したい、海軍へ入りたい云うて来てな。まあ、子供は子供なりに、国の非常時を考えとるもんや。あんたんとこかて、見違えるで。よかった、よかった」

「旦那さんとこのご長男が、十七歳で、感心なもんやなあ」

話は、大抵それで終わる。父はまた気合を込めて、竹刀を振り始める。

巡査と町の人の、それに類したような会話を耳に止めると、母のきく乃が、何とも絶妙な間合で顔を出して、話を引き取るのが常である。巡査の会話はそれで済んだとしても、女の立場としては、そうは行かない。

それが駐在所の巡査の一家の難儀なところで、職務と平行して生活があるのであるから、きく乃としては、訊問されたような不快さを、町の人々の気持の中から拭わなければならない。また、それが出過ぎると、父に怒鳴られる。

きく乃は、足早に去ろうとする人を自然な形で呼び止めて、あれこれ世間話をする。天気のこと、稲の作柄のこと、町の行事のこと、その人の女房のこと、子供のこと、国家や戦争と関わりのないことを選んで話し、

「息子さんのご無事と、ご活躍をお祈り致します」

と、深々と頭を下げて解放するのである。

そういうことは、何度もあった。いや、毎度といっていい。

それとは別に、私は、父が振る竹刀の意味をよく考えた。

もちろん、鍛錬でもあっただろう。武道礼賛の時世で、精神性も称えられ、特に警察では頻繁に大会が催されていたから、父は常に優勝を狙っていた。

そのために、技や肉体を磨いて置くということもあったのだろうが、それだけとも思えない。父は竹刀を振ることが好きだった。竹刀を音立てて振ることによって、自身を鼓舞し、何かを確認し、同時に証明していたように思える。

たとえ、その意味を訊ねても、当時であれ、何十年後であれ、父に説明は出来なかっただろうが、私たち子供には、強く感じるもの、重く響くものがあったのである。

父が竹刀を振り始めると、いくら上機嫌な顔をしていても、私たちには、町の人々とはまた違う威嚇に思え、震えるものがあった。

幼児の私には、恐いなあと思える程度であったが、兄の隆志《たかし》はもう少年期を過ぎかけ

ていたから、息苦しく、戦慄さえ感じていたに違いない。

父の深沢武吉を巨人に思い、鬼神のように畏怖したのは、私よりも、町の人よりも、この兄がいちばんではなかったかと思うのである。

兄の隆志は、私よりも十一歳も年上であった。

12

深沢武吉ときく乃夫婦、つまり、私の両親には、五人の子供がいた。いちばん上は芙《ふ》由《ゆ》という女の子で、この子は、まだ父が巡査になる前、宮崎県にいる時に生れた。

芙由というきれいな名前は、父の長兄の忠義《ただよし》が命名した。この伯父が、田舎の人間に似合わずなかなかの遊び人で、芙由という名前も馴染みの芸者のものだということで、それを知った父が怒ったということである。

「器量のいい女になるように、器量のいい女にあやかって何が悪い。芸者ちゅうても、そりゃあ、天女のような女はめったにおらん。芙由は天女ぞ」

と、伯父は、悪びれもせずに、そんなことを云ったそうである。

伯父さんも悪い人やないけど、ちょっと常識のないところのある人でなあ、と母が、もちろん何十年もあとのことだが、そんな風に云っていた。

それに、お父さんは三男坊で、結婚したいうても居候みたいな立場やったから、ご当主の考えにはなかなか逆らえんところもあってなあ、それで、結局、芙由になったんや、芸者の名前やいうこと忘れたら、それはそれ、きれいな、ええ名前やしなあ、とも云った。

しかし、きれいな名前の最初の子供の芙由は、天女のような器量よしになるかならないか、まだ判断もつきかねる三歳の時に、疫痢で死んだ。

深沢武吉は、その時はもう兵庫県巡査になっていた。淡路島東海岸の小さな村の駐在所で、幼女の葬いは出されたのだが、伯父の忠義は三日遅れで宮崎県からやって来た。三日遅れでも、当時の通信や交通の事情を考えると、大変な誠意であると云えるかもしれない。

兄と弟は、小さい骨壺を前にして二升も酒を飲み、挙句に、末弟である武吉が長兄の忠義を竹刀で打ちすえた。

何でも伯父がポツンと、やっぱり運の弱い名前だったかなあと云ったとか、つまり、芸者の芙由も胸を患って早死にしたという話を、泥酔の気の弛みからか、話してしまったのである。

しかし、そんな場合に気の弛みということもあるまいから、伯父としては、何らの形にしろ打ち明けておきたかったのだろう、と思う。悪いと思う気持が強かったのか、弟の竹刀で打たれるままになっていたそうである。

最初の子供の芙由の話は、おおむねが、母や伯父からの話による。それも、芙由の話というよりは、伯父の人となりを語る時に持ち出された話である。

長女が疫痢で死んだ翌年、大正十五年に長男の隆志が生れた。次いで、昭和四年に次女の千恵、昭和十二年には次男の健太、つまり、私が生れ、昭和十九年になって三女の登喜が生れる。

当時としては、普通であったのかもしれないが、意外に子沢山である。意外にというのは、子供たちの生れるのが妙に間遠で、年齢差が開いているため、家の中に子供が犇《ひしめ》き合っていたという感覚がないのである。

もちろん、長姉の芙由は、あとの四人が生れる以前に死んでいたのであるし、そこからあとも、年齢のズレのせいか誰かが欠けている。だから、実感としては子沢山という思いは全くなく、生れた順に数えて行って、初めて意外に多いな、と思ったまでのことなのである。

私は、父の武吉と兄の隆志との関係を書こうと思っているのだが、私にしたところで、ほんの二、三年の兄の記憶しかない。

その二、三年は、兄が志願兵として海軍に入隊する前後からの、うろ憶えであるから、実にわずかである。同じ家の中で、身を接するようにしていたということは、そんなにいくつもない。

妹の登喜に至っては、当然のことに記憶は皆無だと云う。一歳の時には英霊となっていたのだから、特別の感情の抱きようもない。

つい先達ても――平成五年のことだが――母のきく乃の三回忌法要の折、そろそろ五十年を迎える仏様がおありだが、何でしたら、最後の五十回忌法要を今回一緒に致しましょうかと、寺から云われ、それが兄の隆志のことであるとは、みんなピンと来なかった。

登喜はもちろんだが、年齢の近い姉の千恵も、誰かしらね？　という始末で、これは、時とともに薄れて行く記憶というより、そもそも共有するような経験がなかったのである。

およそ、心細いと云わなければならない。五十年という時間の襞の中に、化石のように縮こまっている一人の人間の生きた証は、そのまま永遠に眠ることもあり得る。肉親であれ何であれ、死んでしまった人間の記憶とはそういうものであろう。

しかし、やはり、不確かであっても、兄の隆志のことを書かなければ、父の武吉がわからない。その部分が欠落しては、私と父にもつながらないのである。

ところで、小さい頃の隆志の話は、ほとんどが、母のきく乃がした。私との比較で語られることが多かったが、それでも、何となく、その頃の少年の姿がわかる。

　また、私自身も、ほんのいくつかだが、兄の姿を見ている。私は、五歳とか六歳とかであったから、兄を大人に見ていたが、十七歳、十八歳の少年である。その頃は何でもなく、普通のことのように思えたが、今になってみると、感傷に満ちた時代の少年としての、胸の痛くなるような切なさも、わかるのである。

　隆志が生れたのは、大正十五年の二月である。その年の暮に大正天皇は崩御し、一週間だけ昭和元年となる。

　大きな時代の区切りに誕生したわけではあるが、それは、生れて来る当人は与《あず》り知らぬことである。時代の風の音に急かされて、産声を挙げたわけではない。

　しかし、与り知らぬことであっても、時代のどの区分に生命を委ねたかということで、その人の一生は大きく左右される。たまたまその時代に生れたために、兄の隆志には二十年しか与えられなかったのである。

　隆志という名は、今度は武吉自身が命名した。その時も伯父の忠義が、自分に名を付けさせるようにと云ったらしいが、武吉は、きっぱりと断わった。

　芙由のことがあるのに、性懲りもなくそういうことを云い出す伯父さんて人は、やはり信じられないと、母は云う。

　そして、その時も、芙由の分もと思って、思いきり長命の人にあやかれるようにと、

名前を用意して来た、この名前なら百歳も生きると云ったそうだが、

「自分の子の名ぐらい、自分で付ける」

と、父は頑として撥ねつけた。

しかし、あとになって、兄の隆志の戦死の悲しみもやや薄れた頃、母のきく乃は、伯父さんの用意した名前を付けていたら、もしかして、戦死せずに済んだかもなあ、と云っている。もちろん、本気であるわけがないのだが、そんな思いは掠めるのである。

武吉は、男の子の誕生に喜んだ。男子を尊ぶ時代であったし、特に九州という土地柄、男尊女卑の気風が当り前であったから、手放しであったらしい。芙由という不運な長女がいたことすら忘れてしまったかのように、喜んでいたということである。

それは、父の武吉が殊更に古風で、封建思想の持ち主で、ということとは違う。程度の差こそあれ、どこの家族でもそうで、男が偉く、重要であるということは、秩序であり、責任でもあったのである。

今から考えると、信じられないことではあるが、私の家でも、風呂へ入る順番は厳然と決められており、食事のお菜《かず》は女より一品多かった。

それでも、私のところは、洗濯の盥は一つで、男の物も女の物も一緒の水で洗っていたが、これなども伯父の忠義の目から見ると、

「ここの家は、男の出世を妨げることをやっとるな。そんな無神経なことじゃあかん

ぞ」

ということになり、母は怒られたと云う。

伯父の忠義のような、遊び人を自認し、どこかいいかげんなところがあるような人の目から見ても、一つの盥で洗濯するのは奇異とうつるくらい、徹底していたのである。

男は値打ちがあり、女は値打ちがないとは云わないが、女は男の値打ちを支えるもの、あるいは、値打ちを意識しないものと考えられていたのである。

盥を二つ使うことはしなかった。女が汚いわけではないと、父が云ったそうである。あの時は嬉しくてと、いつだったか、珍しく母が父のやさしさを褒めた。しかし、風呂へ入る順番と、一品多い食膳はつづいていた。

そういう深沢家の空気の中で、初めての男の子の隆志は、大いに期待されたのは当然である。

淡路島の田舎の駐在所の巡査は、まだ二十七歳、その妻は二十四歳であったが、もう、旦那さん、奥さんと呼ばれ、従って、隆志も坊ちゃんであった。

武吉は、間違いなく、強い子を願った。身体的にもそうであるが、精神的に強い子供を理想とした。

心やさしいとか、愛想がいいということは、男の子の条件の中に入っていなかった。

弱いとか、臆病とか、卑怯とかはもっての他で、また、要領がいいとか、おしゃべりとかも汚点であった。

　武吉は、自分の子供が軟弱であったり、卑怯であったり、和だけを心掛けるような人間であるとは、思ってもいなかった。

　自分の子供は、気性も激しく、理想も高く、闘争心の強い子供、また、身体もそれにふさわしい健全さと強さを備えていると、生れた時から思っていたようである。

　しかし、隆志は、風貌もやさしく、からだもどこか華奢で、人に好かれるタイプであったらしい。恐いところとか、鋭いところは一つもないが、その代り、人を和ませる才を備えており、思いやりとか、親切とか、時にお道化て人を楽しませるとか、およそ、子供としての美点はいっぱいあった。

「どうも、お前の方に似たらしいな。お前の方の血筋だ」

ある時、父は母に云ったそうである。母方の家が武士でないことを云っている。

「侍という顔をしていないな。武士の血を感じさせるものはない。町民のやわらかさと当りの良さは、生れついて持っているようだが、それじゃ男になれんだろう。わしの子として、選ぶ道は決められているんだしな。困った。何とかせにゃ」

　とも云った。

　だからといって、父の武吉が、継子のように隆志を無視したり、苛めたりしたということではない。父は、たとえ、それが間違いであったとしても、責任として、愛情として、長男である隆志を強い子に育てようとした、ということである。

13

兄の隆志は、よく泣く子であったらしい。何かというと大声で泣いた。何でもない時には、やさしい小さい声で話すのに、泣き声だけは誰にも負けない、それはそれは一里四方に響き渡るような声でなあ、と母が云った。

赤ん坊の時の泣き癖だけではなく、学校へ行くようになっても、一日として泣かない日はなく、特に父を落胆させたのは転校初日で、例外なく泣いて帰って来た。

駐在所勤務というのは、よほどの事情がない限り、一年とか二年の短期で転勤する。従って、兄も、少なくとも三度は転校しているのだが、その都度初日に泣いた。

時には、連れて行った父よりも早く、駈け戻っていることがあったそうである。

「弱虫ということとも、また違うんやなあ。ほんに、しっかりと、我慢するところもあったのに、何でやろ、泣いて、泣いて」

と、母が不思議がっていた。

それは、一向に泣かない子であった私を褒めてのことだったのだが、どちらがいとおしかったかとなると、それはわからない。

大声で泣くというのは、方法論としては好ましくないかもしれないが、親に対して、何かを訴えかけていることだけは事実で、泣かない子よりは、親を必要としていることになる。親を信頼している証拠でもある。その意味では、兄の隆志は、私などより数段父と母を愛していたし、頼りに思っていた。

しかし、父の武吉にとって、校門から駐在所の玄関まで、泣きづめに泣いて帰って来る男の子は、恥以外の何ものでもなく、父は、剣道をやらせた。

しっかりと我慢するところもあったのにと母が云うのは、この剣道のことで、兄の隆志としては、後にも先にもこれ一度という頑張りで耐えぬき、結構強くなった。

壮絶であったことが想像出来る。特に、理不尽さが美しく見えた時代、父もまだまだ若かったから、容赦がなかった筈である。

「あんたは、まあ云うたら戦後の子やから、幸福やわ。お父さんもやさしうなってるし、それに、剣道やらも禁止になってしもうたし、あんな辛い目に遭わんでも済む。そりゃあ、お兄ちゃんは可哀相でなあ。頭は瘤だらけ、からだは痣だらけ、いつも素足で歩かされたから、冬には霜焼けで真赤に脹れ上った足をしてたし、見てるのが悲しいくらいやった。けど、お父さん、あんな気性やから、私が途中で甘い言葉をかけたりしたら、そりゃあ、大変やし。けど、お兄ちゃん、剣道に関しては、不思議なくらいに頑張ったんよ」

とにかく、父の武吉は、兄の隆志を強い子にしたかったらしい。剛健な子供というよりは、めったに泣かない子供にしたかったとも思える。

泣くというのは、いずれにしろ、救急発信である。救助を求める手段である。父は、これを嫌ったとも思える。好き嫌いだけではなく、救急発信をあてにする体質が、生きて行く上での妨げになると考えていたに違いないのである。

時節柄、強い子供の理想像があって、克己と勇気と奉公に根ざして、恐れを知らないとか、健気にも身を滅してまで国に尽すとか、舌を嚙み切ってでも信念を貫くとか、そういった非人間的な理想少年を作ろうとしたのではないと思う。

それは、ああいう時代に巡査をしていたとなると、いくらかは、そのような思想もあっただろうとは思えるが、わが子に対しての厳しさが、それから発しているとは思えないのである。

母のきく乃は、どう考えてみても、隆志は強さを期待出来る子ではないと、母親の目から見てわかっていたから、

「隆志に、豪傑になれいうても無理と違いますか。その子その子で性格があるんやし、やさしい子も、親切な子も、面白い子も、それでええんと違いますか。あの子は素直で可愛いと、皆さん云うてくれますよ」

と、そんなことを、父の顔色を窺いながら、ポツンポツンと話したこともあったらしいのだが、

「弱くて退《さが》るのと、強くて譲るのとでは、見た目は同じでも、まるで違うことなんや。わしは、強くて、人を押しのけ、あるいは、先頭に立ち、天下に号令を掛ける子になれと云うてるわけやない。やさしさを示してやるのもええ。けど、気弱に逃げて席を奪われたらあかん。芯から強い人間の余裕で、あんたどうぞと云える子にしなきゃ。これは、親のつとめや。親を巡査に持った子への、最低の親の責任や」

そんな風に云ったそうである。

私は、今の時点の私である、父の武吉のことをよく解釈し過ぎるかもしれないが、軍国少年や武士道的美意識の理想の子を、兄の隆志に強いていたとは思えないのである。根拠はないが、そう思う。

もっと謙虚で切実な人生観から発したものではなかろうか。

父の武吉は、生れ故郷の宮崎県をあとにして、どういう縁か兵庫県巡査になり、隆志が小学生の頃にはもう十年が過ぎていたから、他所者であることの意識の据え方とか、巡査という立場の特異性にも気がついていた頃だと思う。つまり、旦那さんと呼ぶことの、敬意と疎外の関係もそうである。他にもある。

異郷と巡査の二つをキイワードとすると、絶対の条件のようなものが、見えて来てい

た筈である。強いもその一つであろう。

Déraciné などという言葉は、父は一生目にしたことも耳にしたこともないと思うが、この根無し草と訳されるフランス語の持つ、生活に根ざした思想を教えようとしていたように思える。

根無し草は、祖国喪失者の訳《やく》があるように、反権力的な意味合いが強いが、巡査は、これが権力側の人間とされ、実体は根無しであるから厄介である。

とにかく、ずっといる人間と、いつかいなくなる人間が、一緒に暮すことは、大変に難しいことなのである。

ずっといる人間の持つ普通の価値観に、いつかいなくなる人間が接近するためには、無駄を承知の倍の努力が必要である。

また、ずっといる人間の信頼は自然なことであるが、いつかいなくなる人間の信頼は、闘争にも近いものである。

感傷にしてからが、ずっといる人間のさよならは明日だが、いつかいなくなる人間のさよならは永遠である、というくらいに違ってしまう。

それにしても、Déraciné を根無し草とするのは、異なる生物のようでよくない。根はある。根を落着ける土があるかどうかの問題であると思う。もちろん、父の武吉が、フランス語の Déraciné がどうであるとか、そんなことを考える筈がない。

しかし、言葉として考えないまでも、生き方の選択の上では、文学の中の言語としてより、よほど切実に感じていた筈である。

だから、長男の隆志に対して、きく乃が云うように、その子その子の性格があるんやし、素直で可愛いでええんと違いますか、では済まないものを感じていたのであろう。

だから、鍛えた。

剣道は、努力の甲斐といおうか、我慢が実って、隆志の腕が上り、父も満足していたようである。

そして、この父と子のいちばん晴れがましい思い出は、隆志が、郡内の少年剣道大会で優勝したことである。

これは、父の面目を大いに施したらしい。隆志も自信をつけた。その時の父と子の、何とも云えない信頼と愛情に満ちた顔と顔を、母のきく乃は一生忘れることはないだろう、と云っていた。きく乃は、あまりの嬉しさに、赤飯を炊いて、近所にも配った。

郡内少年剣道大会に優勝したのは、小学校の四年生とか五年生の頃だろう。賞状ぐらいはあったのだろうが、私は見ていない。他に記録もない。いずれも、母の不確かな記憶で、四年生か五年生だろうと曖昧に思うだけである。

ただし、四十年後、淡路島を訪れた私に、父のことを記憶していてあれこれ話す人の中に一人だけ、剣道の強い兄ちゃんがいましたなあ、と云った人がいたから、ちょっとした出来事ではあったのだろう。

そのような晴れがましさを、父と子で共有していながら、その後、たとえば、剣士として認められる道に進んで行ったかというと、まるでそうでないのが不思議である。

兄の隆志は、高等小学校を卒業すると、中学にすら進むことなく、神戸にあった大軍需工場に就職した。四歳年下の姉の千恵が、高等女学校へ入学していることを考えると、いささか奇異である。

女の子で、その当時女学校へ行くというのは、田舎では数少なく、特例扱いであった。もの凄い才があれば別だが、千恵が、申し訳ないような云い方だが、特別視されるような才媛であったとも思えないのである。

とすると、父や母には、男であれ女であれ、子供たちにはある程度の学を付けるという、基本の考えがあったのに違いない。

だから、姉が女学校へ進学しているのに、男子偏重の気風の家の長男の隆志が、ましてや、あのように鍛え上げようとしていた男の子が、軍需工場の少年工になったことは、信じられないのである。

受験に失敗したのかもしれない。あんまり勉強が好きでもなく、出来る方でもなかったし、と母のきく乃は云っていた。

私たちの家庭から、兄の隆志が二年とちょっと消える。国家を背負うような誇らしい名前の軍需工場へ就職した兄は、寮に入っていたからである。

そして、そのあと、はっきりと私の記憶にある兄の隆志は、志願兵として出征して行く晴れがましい場で、それは、ほんの幼児であった私の目から見ると、陶然とするほどに立派で、凛凛《りり》しい少年兵の矜持に満ちた姿であった。

14

出征の前夜、私は父に命じられて、風呂の焚きつけ番をしていた。風呂には、兄の隆志が入っていた。

明日は入隊するという男子は、まるで、神になるように扱われるもので、兄の場合も例外ではなかった。家族がそろって、恭々しく奉仕する気持になっていて、私もそうした。

風呂の中で、兄は怒鳴っていた。それは、声というより、声という形の圧力を壁やガラス窓に叩きつけるというもので、自らの鼓膜までも麻痺させるような猛々しさだった。

最初は、何か鬱積するものがあって、それを吐き出しているのかと思ったが、そうではなかった。もちろん、怒声でも、悲鳴でもなかった。隆志は、明日の壮行会での返礼の挨拶を、練習していた。

きまりきった文句である筈なのだが、兄は何度もつっかえ、絶句し、その都度、モトヘッとより大きい声で怒鳴って、頭から始める。それが何十回となくつづいた。

私は、小さく蹲《うずくま》り、焚き口に木片をほうり込みながら、なぜか切なくなっていた。まだ、戦争とは日本が勝つものだと思っていた頃であるから、このまま兄が死んでしまうとは考えてもいなかったが、胸苦しい気持にはなっていた。

隆志の、挨拶の練習はなかなかうまくは行かなかった。モトヘッというのだけが明確になり、そのうち、大きな溜息が聞こえ、手荒く顔を洗っているのか、湯音も聞こえた。私は、兄は泣いていると思った。

しかし、風呂場のすりガラスの窓を開けて顔を出した兄は笑っていて、あかん、うまいこといかんわ、親父に恥かかせてしまうわ、と挨拶のことを云った。

兄は、本気で、自らのぶざまな失敗よりも、それによって、父の武吉が面目を失い、恥をかくことになるだろうことを、気に病んでいるようであった。

「大きい声で、はっきりとか」

と、兄は、濡れた顔を掌で拭いながら、そう云った。

それは、私自身が聞いた兄の数少ない肉声の言葉の一つである。

大きい声で、はっきりと、日の丸を立てて、また、小旗をうち振って送ってくれる町の人々に対して、思いのたけを語りなさいということなのだが、今の私なら、それが残酷な逆説だということがわかる。残酷である。思いのたけなど語れる筈がない。

しかし、その時は、大きい声で、はっきりと、と兄の言葉をなぞって笑っていた。

それからもう一つ、兄の肉声を記憶している。やはり、それも、風呂場の窓と焚き口での会話だが、

「お前が、もうちょっと大きかったらなあ」

と、隆志は云った。

要するに、私がもっと年齢が接近していたなら、話しておきたいことも、頼みたいこともあったのに、という意味であろう。そうに違いない。

私は、兄の隆志にとって、無念なほど小さかった。学校も来年からだった。何事かを託す相手ではないと思ったのも無理はない。

十七歳の隆志が、知っておいて貰いたい、知らせておきたいと秘かに願ったことは、一体何だったのだろうか。たとえ、私が、話すに足りないほどの幼児であったとしても、せめて独白のようにでもしゃべっていてくれたらと、私は思うのである。

ところで、隆志が、志願兵として海軍へ入隊すると決意を示したのは、急なことであったように思う。

父の武吉は当然のことに、母のきく乃もあまり語りたがらないのだが、軍需工場へ就

職して、都会の生活に馴染んでからの兄は、決して、感心した生活ぶりではなかったらしい。つまり、乱れた。

しかし、乱れたといって、十五とか十六の子供であるから、どれほどのこともないかもしれないが、最後には、自分一人で始末がつけられない状態になり、父の武吉が神戸へ飛んだ。

そのあたりの、いくらかの騒ぎは記憶にあるような気もするのだが、さだかではない。しかし、父は怒り、母は嘆きという有様ではあった。

兄の乱れぶりが、金銭的なことか、女との関わりか、それとも、単なる怠惰、自堕落程度のことなのかわからない。時々顔を見せる兄の、都会的な、垢ぬけた服装や様子に感心していたから、そのいずれかであろうとは思える。

それにしても、昭和十六年とか十七年、日本が太平洋戦争に突入した直後の都会に、少年が身を持ち崩すほどの背徳や頽廃が、まだ存在していたのであろうか。

デンコと称ばれる不良なら、如何なる空気が充ちようと、それこそ、軍国の嵐にさえも抗って不良を貫こうとしただろうが、兄が、そこまでの度胸を示したとも思えない。兄の隆志は、よく泣く子であった。そして、心やさしい子であった筈である。

具体的に何であったのかは不明だが、兄は父の信頼を裏切り、そのくせ、救いを求めて泣きつき、父の最も厭う恥の行為をしたということである。

父の武吉の気質からいうと、神戸へ始末をつけに行って、恥の清算のために、息子と刺し違えて死ぬのではないかというくらいに母は心配したが、どういう話し合いの結果か、二人は普通の顔で戻って来た。

そして、何カ月かが過ぎて、隆志が父に対して、志願兵になる気持があることを、打ち明けたのである。

とにかく、その時の私は、兄を知ることが出来なかった。もうちょっと大きかったらなあ、これは兄の落胆でもあったが、実は、私の思いでもあるのである。

その夜、隆志は、飛白《かすり》のきものを着て胡座をかき、父の武吉と対等の酒を飲んだ。私たちにも、赤飯と鯛の尾頭付きの膳があった。赤飯を食べながら隆志は、剣道大会優勝の日のことを思い出し、父も機嫌よく笑った。

翌日、深沢隆志は、淡路島東海岸の灰色の海を背景にして、大きい声で、はっきりと、御礼と決意を述べる挨拶をして、船に乗り込んだ。

モトヘッは一度もなかった。風呂場で叫んでいたような自棄の響きの、猛々しい声でもなかった。力強いが澄んでいた。目もまたそうだった。

私の記憶の淡路島は、ほとんどが瀬戸内に面した西海岸であるが、その時は東海岸、大阪湾のベタ凪ぎが目に残っている。

港はあるが桟橋はなく、客船は沖合に停って、乗降客を乗せた小船が往復する。兄もその小舟に乗った。

壮行の光景としては、いささか貧弱で滑稽ですらある。小舟は沖合の客船に向って小さくなって行くのだが、一きわ高く聳えていた日の丸の旗を忘れない。

あれは、冬だったのか、夏だったのか。

そして、その時、父の武吉がどこにいて、母のきく乃が何をしていたのか、全く記憶に残っていないのである。

第三章

俳句

15

父は、真面目ということを信条としている。手を抜くということをしなかった。愚直なまでに任務を遂行し、責務を果していた。それは、まるで、一回の巡羅を怠けることで、人生の全てが崩れると思っているようであった。

通俗的な云い方をするなら、夏の日も冬の日も、また、雨の日も風の日も変わることなく、駐在所巡査の模範であろうとしていた。

数多くの表彰額は、晴れがましい手柄は少なく、いずれも地道な努力の積み重ねによるものだった。

しかし、巡査が真面目であることが感謝につながるのは、よほどいい時代で、戦争中は国家の威嚇を代行するように思われ、戦後の無政府状態の時には、融通のきかないわからず屋と思われる。かといって、不真面目では職務を果せないし、なかなか難しい。

深沢武吉は、威嚇と恐れられようが、融通がきかないと煙たがられようが、全く変わることなく真面目な巡査を貫いた。

私にとっては、それが父であった。それ以外の父は見たことがない。面白くあろうがなかろうが、窮屈であろうがなかろうが、父とはそういうものであった。

迂闊にも私は、父に子供時代があり、青春時代があったことを忘れていた。この世に生を受けてからずっと、あの顔で、あの性格であったと思っていた。大体、子供が見る親とはそういうもので、今も昔も親であったと思っているところがある。

だが、一人の人間を、ましてや最も近い存在である父親を、真面目な人という不確かな言葉で断定してしまっていいのかとも思う。

真面目でありたいと思うのは主観であり、これは許されるが、他者が誰かを真面目な人と決めつけるのは暴力的でさえある。そんな個性の評価は存在しないのかもしれない。

ある時、私は、母をつかまえた。もう私が大人になってからのことである。

昔を知る人は、身近では母以外になく、何となく若い日の父のことを訊ねてみたのだが、母は、最初からあの顔だったと云った。二十歳を過ぎたばかりの年齢なのに、鼻下には髭まであって威張って見えた、だから、子供の時からあんな顔やったんやないかしら、と笑うのである。

これでは、私が訊ねたことの答になっていない。

夫婦というのは、しょせんは他人の結びつきであるから、意外にこうなのかもしれない。知っているようで何も知らない。いや、知る必要もないし、縁があって結ばれた時からが初めて特別の人間で、それ以前は血のつながりとは無縁のことだから捨てる。これが親子とは違う。

私は、巡査以前の父の武吉に、もっと何か、真面目を人生哲学として選択するような理由があったかどうか、それを知りたいと思って訊ねたのだが、母のきく乃にとっては全く無関心なことであった。

ずっとあの顔だったと信じて疑わない。そんな馬鹿な、子供の時から巡査の顔であるわけがないだろうと云っても、そうかしらね、と呑気なものである。

母からは、結婚したばかりの頃のことを聞かされた。

大体、父と母の結婚は、今からでは想像もつかないものである。野合ではない。野合ならまだいい。形式だけである。

仲に立つ人があって話が決り、当人同士は結婚式の当日まで顔を見たこともなかったと云う。それで、母は、鼻の下に髭を生やした男は厭だと泣いたらしい。

その時だけでなく、母のきく乃は、仲人口に騙されたのだと、よく話していた。もちろん、冗談のつもりの話である。深刻な事態の時は、そんな話はしない。

仲人の話によると、なかなかの家柄でというようなことであったらしいのだが、実情は貧しい農家で、士族などという矜持は、長持の中の武具ぐらいであった。おまけに、大家族が犇き合って暮しており、三男坊の嫁などは、哀れな立場であったようである。

不思議なのは、結婚した時、父はまだ巡査ではなく、長兄のところに寄りかかっていた居候に近い身であるのに、既に鼻下に髭をおいて、威張って見えたということである。何のつもりであったかと思う。

父が巡査を志したのは、巡査が目的か、家を出ることが狙いか、おそらく、両方であろう。髭が似合いの職業を首尾よく見つけて、兵庫県へ単身赴任する。生活の見通しが立ったら呼ぶからと、云ったそうである。

その間が、母のきく乃にとっては、一生で最も不幸な時期で、長女の芙由は生れるは、労働はきついは、遠慮はあるは、その挙句が栄養不足で、夜盲症《とりめ》になった。

「馬のお尻にぶつかって、それでやっと、みんなが夜盲症だと気づいてくれて」

と、母は、遠い話だけにおかしそうに笑って話した。悲惨も、脱出さえ出来れば、思い出になるということだろう。

そのあとの母は、むしろ陶然として、神戸で迎える用意が出来たと云って来た父の手紙のこと、乳呑児を抱いて、初めて宮崎県の外へ出、しかも、神戸などという異国のように遠い土地まで行ったこと、その心細さと、解放された喜びと、そんなことを語った。

「最初から、あんな人やったなあ」

と、母は、それ以外の父の顔などある筈がない、という顔をした。

母にとって、深沢武吉という男は、旦那さんと町の人から畏怖で呼ばれる、駐在巡査以外の何者でもなく、それが絶対だと信じている以上、もう、父のことを知る人は、父の兄弟、伯父たちしかいない。

そこで、私は、実に遠い日のことを思い出す。母とそんな会話を交すはるか以前、私がまだ幼年期で、記憶の最も遠い頃、伯父の忠義が戯《ざ》れ言のようにしゃべっていた。私は、すっかり忘れていた。いや、記憶の再生をそこへ求めなかった。何しろ、私は小さかった。兄の隆志が出征の前夜、お前がもう少し大きかったらなあ、と無念がった頃のことである。

ところで、父は三人兄弟で、長兄が忠義、次兄が勇介、三男が武吉である。長兄が家やら田畑を継ぎ、何ら受け継ぐ物のない次兄は養子に行って杉丘姓になり、武吉は、家を出て巡査になっている。

次兄の勇介は養子に行ったということもあるが、存在が薄い。私たちも会ったことがない。また、話題にもほとんど上らない。

それに比べると、長兄の忠義は何かと私たちの家族と関わりを持った。宮崎県と淡路島では距離も離れているし、交通の便もままならないし、それなりに金もかかるのに、驚くほどの気軽さでよくやって来た。

手紙で済ましてくれてもよろしかったのに、と母が恐縮するようなことでもやって来た。義理堅いとか、責任を感じているということの他に、どうやら、伯父自身が外に出たい性格のようで、何の、何の、と云った。

私が朧ろだが記憶するところは、隆志が志願兵として出征した直後にやって来て、十七歳で戦場に送り出したことを、少し詰《なじ》るようなことを云った。

「世間に置いといて都合が悪いのなら、満州にでもやったらよかった。あそこなら、天下が開ける。一旗も揚げられる。いちばん下っ端の水兵にして何ぞ。辛いだけだろうが」

と云うのが伯父の云い分で、わしんところの長男、次男、三男、みんな満州へ行った、それぞれが羽振りがええ、わしの着とる物も違うじゃろうがと妙な自慢をしたが、父はひどく不機嫌だった。

その時の伯父は、一週間ほどの逗留で帰ったのだが、その間、ほとんど私と遊んで過した。遊びながら、お前の親父さんも窮屈な男になってしもうて、わからんものじゃな、と云った。

私という子供相手の話だから、それほど深刻なことでなかったのは当然だが、私は、何度も、ほんま？　ほんま？　と問い返した。

まず、父の頭が割れてることを知ってるかと云い、私が知っていると答えると、

「あれがなあ、あれが問題で、あれさえなけりゃ、お前の親父さんは、大したものになった。頭もよかったし、欲もあったのに、伯父さんが鍬で割ってしもうたために、巡

査や。巡査で止ってしもうとる。ほんに悪いことをした」

と、溜息をついたのである。

それから、お前の親父は百姓が嫌いやから宮崎を出たけど、兵庫県までしか来なかった、それも頭が割れていると思っているからや、あの傷のせいで、欲も、肝も、脳味噌も、半分になったと思っとる、最後の最後にはそう思うんやな、と云った。

普通のままやったら、兵庫県を通りこして東京まで行っとる、東京で出世を狙うとる、真面目なんてもんを頼りに、駐在巡査なんかやっとらん、伯父さんのせいなんや、ほんまは、お前の親父は大したものなんじゃ、わかるか、健太と云われて、私は頷いた。

私は、父の頭を横断する大きな傷を知っていた。ある時、どういうはずみか、父が髪をかき分けて見せて、誰にも云うなと約束させられたものである。

あの傷がなかったら、父は東京まで行き、立派に出世をしていると伯父が云うのだが、私には、その因果がわかる筈がない。ただ、わかるかと云われ、うんと答えた。

その他の伯父の話も、私には、想像もつかないものであった。

「今は、あんな恐い顔をして、シャッチョコ張っているが全然違う。何もかんも器用な面白い男だったんだぞ。健太、お父ちゃんがミシンを踏んでいる姿が想像出来るか？ 右でも左でも包丁を持ち換えて、魚を捌く格好はどうや？ シュルシュルと一筆で上手に絵を描くのを見たことがあるか？ お前の親父は、何ぞ求めてたんやな。そやそや、芝居もやって、近郷の村や町で評判の花形だったこともあるんぞ。ああ、隆志にも、この話をしてやればよかったのう」

伯父の忠義は、しみじみと云った。

私は、父の頭が伯父の鍬によって割られた話までは、いくらか信じたが、ミシンや包丁や、芝居の花形の話になると、誰か別の人のことを云っているのだと思った。それほどかけ離れている。私が知る父から、そう云われればと思えるところが、まるでなかったからである。

「真面目が悪いわけじゃないがな」

最後に伯父はそう云った。

そして、遊び人も悪いわけじゃない、お前には両方の血がある筈じゃがどっちにする、志願して水兵になるか？　さらばさらばと満州へ行くか？　どや、と訊ねられたが、答えられる筈はなかった。

伯父は一週間いて、宮崎県へ帰った。戦争も厳しくなって来たし、これが最後かもしれんと云ったが、父や母は、一体何しに来たのかと不思議がっていた。

私は記憶を補足している。幼児の記憶を衝撃を核にして、その間を繋いでいる。すると、会話やしぐさ、前後の状況までが、その通りであるように思えるのである。

だからといって、父の深沢武吉の真面目の選択がわかったわけではない。

それにしても、兄の隆志が入隊してからの二年ばかり、父の真面目さは自虐的なほどに凄味があり、町の人が恐れるだけでなく、私も恐かったと、これは全く補足の必要のない記憶として残っている。

海軍に入隊した隆志は、機会ある度に写真館で写真を撮り、送って来た。水兵の写真は、凛凛しいといえば凛々しいが、あまりに少年っぽく、痛々しくもあり、母は泣いた。

しかし、何枚か送られて来るうちに、軍人の顔と思えるようになった。

16

太平洋戦争に突入した翌々年、昭和十八年の四月、私は、国民学校に入学した。

兄の隆志の例もあるので、私が泣くのではないかと、父も母も案じていたが、それは杞憂であった。私は、全く泣かなかった。親の姿を求めて、心細げな視線をオドオドと走らせることもなかった。

それどころか、私には別の疑問や衝撃があって、不機嫌になった。

ちょうどその時期、母のきく乃は妊娠していて、悪阻《つわり》の最中であった。症状がひどく、まるで大病人のようになる体質とかで、その日も、お茶の葉を嚙み嚙み出席していた。どういうわけか、お茶の葉を嚙んでいると、吐き気が耐えられるのだと云う。

母は、だから、窶《やつ》れていた。老けても見えたのであろう。私の衝撃はそのことで、他の子の母親はみんな若いのに、どうしてうちだけ年寄りなのかと訊ねて、驚かせた。また、悲しませもした。

そのことに関しては、父は何も云わなかった。ただ、子供にとって初めての社会である学校の初日に、大して怯んだ様子もなく、むしろ、昂揚して帰って来たことに、満足しているようであった。

父の武吉は、私に対しても、兄の隆志に望んだように強い子を期待していた筈なのだが、それを口に出して云われたことはなかった。兄に対して鬼のような厳しさで修業させた剣道も、私には強要しなかった。

それは、たぶん、私が泣かない子であり、何かで口惜しくて涙を流していても、泣いていないと云い張る性質の子供であったからであろうと思う。

この剣道の一事を見ても、父は、剣士を育てたかったわけではなく、ただ強い子にしたかったのだということがわかる。

父が何よりも嫌っていたのが見苦しさ、いわば恥で、恥で身を滅さないための教育をしようとしていたから、泣かない子の私に対しては、実に寛容であった。

私は、昭和十二年の二月に、淡路島のほぼ中央、山間部にある村の駐在所で生れた。駐在所のすぐ裏手に、菅原道真を祀った天満宮、天神さんがあって、母のきく乃は、妊娠期間中一日も欠かさず、参拝したと云う。

何をお祈りし、何を願ったか、おそらく、それほど大層なことではなく、丈夫で、元気で、頭の良い子が授かりますように、といったことであった筈である。強い子、それも、性格の強い子というのも含まれていたかもしれない。

私は、難産の末に生れた。嘘か本当かわからないが、頭が大き過ぎて、産道の途中でつっかえた。そのために生れて来た子供は、瓢箪のように頭が長く伸びていたと云うのである。

それは、当時八歳かそこらの子供であった姉の千恵が、証言している。これが弟やと見せられて、うち、泣いたんよう、と姉は云っていた。お化けやと思うたわ、頭がフニャリと伸びてるし、と笑うのである。

瓢箪型にくびれた頭の形は、やがて普通の形体に戻ったが、頭は大きかった。頭の大きさは、重さとして自覚している。国民学校に入る直前ぐらいまで、自分の頭を自分の手で支えるようなしぐさを、よくしていた。

「こんなに頭が大きいんやから、きっと、利口やわね」

と、母のきく乃は、諦めとも、慰めともつかぬことを、よく云っていたそうである。おそらく、兄とは違う意味で、将来を案じていたに違いない。

それはともかくとして、私と兄の隆志は、同じ血を分けた兄弟とは思えぬほどに、違っていた。第一、顔が別物であった。隆志は、如何にも善良さを感じさせる、やさしい顔付をしていたが、私は、眉も太く、目も吊り上り、きつい造りであった。

私は、可愛いお子さんでというお愛想を、聞いた記憶がない。その代わり、お利口そうな坊ちゃんでとは、うんざりするほど聞かされた。

どうやら、その印象は他人だけのものではなく、父や母にしてもそうであったようで、可愛がるといった気楽さでは、接してくれなかったようである。

父と母が、まるで掌の中の珠とか、愛玩物を愛でるように、目を細め、喉を鳴らして、他愛なく、可愛い、可愛いと云い合ったようではないのである。

ただし、当惑していたとか、気味悪がっていたということではない筈である。そんなことがあっては、たまらない。無闇な溺愛こそ受けなかったが、私は、実に大切に、大仰に云うと一目置いた形で育てられた。

前にも云ったが、私は泣かない子であった。泣くとすると、それは甘えの救急発信ではないから、誰がどう宥《なだ》めようが、疲れ果てるまで泣き止まない性質であった。

幼児をあやすという手練が通用しない。自分で云うのも妙だが、ほんの二歳か三歳の頃から、大人の言葉で話しかけられ、大人のように扱われることを望んでいたようである。

今になると、もう、姉の千恵から聞くしかしようがないのだが、彼女は、母が口癖のように云っていた、健太は天神さんの子やから、というのを誤解して、天満宮で拾って来た子、頭の長い子を見せられたのも、生れたばかりではなく、拾って来たばかりだったのだと、思っていたそうである。そのくらい、兄の隆志とも、姉の千恵とも似ていなかった。

私は、たぶん二歳になったばかりの頃だと思うのだが、一時期、課長さんと呼ばれていたそうである。

天神さんの近くに、駐在所も村役場もあって、その村役場へ毎朝きまった時間に顔を出し、お茶を飲んで帰って来ていた。

最初は、おそらく、父のうしろについて行ったのだと思うが、それ以後は一人で入って行った。戦闘帽と赤襷《あかだすき》がお気に入りで、いつもその姿をしていたから、面白がられたのであろう。

「あら、課長さんのおこしやわあ」

などと女事務員に歓迎されて、いい気分になっていたのであろうと思う。たまに、饅頭や蜜柑なども出され、お茶を一杯飲むと、黙って出て行く。それから、天神さんへ寄って、武運長久を柏手《かしわで》をうって祈り、帰って来るのである。それが課長さんの日課であった。

「誰が教えたわけやないんやけど」

母のきく乃が、その当時のことを私に話しながら、まあ、妙な子やったな、と笑った。依存心はなかったようである。何でも自分で考えて自分でした。そうすることを教育された記憶がないから、持って生れたものなのであろう。

だが、甘えない子供とか、救いを求めない子供というのは、親としては安心に思いながらも、戸惑うものであろう。可愛いと呼べない子供も、どうであったかと思う。おそらく三歳の私より、十五歳の兄の方が可愛さがあったと思う。

ある時、私は、バスで淡路島の半分をぐるぐる巡ったことがある。駐在所巡査は、定期的に本署への召集日というのがあって、その時も、父はバスに乗って出掛けたのであるが、それを追うつもりの私は、逆方向へ行くバスに乗ったのである。終点に着く度に別のバスに乗り換えるものだから、結局、島を半周もすることになった。

小さい子供が一人なのを妙に思われ、すぐに淡路島北端の町の警察へ届けられ、警察電話の連絡でわかったのだが、車掌は、警察の子やろと思うてました、と笑った。

私は、その日、夏であったのだろう、ほんの産着のような手拭いで作った袖なしシャツを着ていたのだが、それに、兵庫県警察官剣道大会と書いてあったそうである。

このことは、自分の記憶だと思っているのだが、どうかわからない。これもまた、母のきく乃の、昔なあ、お前はなあ、という種類の話であったのかもしれない。

ただ、戻りのバスに乗せられて、天神さんのある村の駐在所へ戻って来た時、どこでどう転んだのか、私の左腕は骨折していたのだが、それでも泣かなかった。この部分の記憶は、あとになっての話ではないと信じているのである。

そんな性格だから、父も、国民学校一年生入学の初日に、兄のように泣くことはあるまいとは思っていたが、やはり、心配はしていたそうである。

「内弁慶ということもある。家の中でいくらしっかりしていても、外というのはまた違うものや。外には外の特別の風があって、からだを真直ぐに立てていることすら難しい。毅然と出来るやろうか」

と云っていたらしいのだが、私は、そんな心配は知る筈もなく、一向に平気だった。

とにかく、国民学校の一年生になった。

二年前の昭和十六年の四月一日から、小学校という呼称が国民学校になった。いや、呼称だけではなく、制度が変わった。

この制度改革の目的とするところは、「皇国ノ道ニ則リテ初等普通教育ヲ施シ国民ノ基礎的錬成ヲ為スヲ以テ目的トス」と国民学校令に書かれているように、いよいよ天皇を中心とした国家体制の下で、教育も行なわれるようになったのである。

私たちは、ただの無邪気な子供であったが、その子供の柔らかい頭脳と、まだ形を整えていない精神と、如何ようにも伸びようとしている肉体に施される教育は、まさに、軍事そのものであり、軍事の意識統合のための「皇国の道」であり、「臣民の道」であったのである。

入学して間もなく、敵という言葉を教えられ、敵とはこういう顔をしていると、ルーズベルトとチャーチルの似顔絵を見せられた。

しかし、六歳になったばかりの私が、それを異と思うわけがない。学校に昂揚していたのである。

「アカイ　アカイ　アサヒ　アサヒ」も立派に読めて、私は成績のいい子とされた。毎日絶賛されて気分の悪かろう筈がなく、学校は当初天国であった。

「健太なあ、えらい勉強が出来るんやて」

姉の千恵がどこかから聞きつけて来て、父の武吉や母のきく乃に、わが家の大事のように報告したそうである。

武吉もまた、思いがけない強い子、良い子に満足していた。

そして、六歳の私、深沢健太の頭は、まだ大きく、重かった。

17

私の世代は、物心ついた時から戦争のけはいの中にあったから、喪失感というものはあまりない。

これが、私よりも四、五歳年長の人たちとなると、朧げにも、生活の豊かであったことを知っている。

ケーキやチョコレートを食べたこともあるし、上質の紙の雑誌も、ブリキ製の玩具を手にしたこともあるだろう。食卓の料理にしたところで、それほどの贅沢でないにしても、日々の変化を感じさせるものがあった筈である。

おご馳走とか、お洒落とか、お遊びとか、お出掛けとか、お土産という言葉も、日常の中に存在していたに違いない。これらの、おの付く言葉で語られるものは、変化であり、ときめきであり、一年に何度それらが実行されるかで、幸福かどうかが決っていた。

また、少し早熟な感覚の持ち主の子なら、街の中に非日常の誘いをかける外国の文化が、映画にしろ、レコードにしろ、遊興場にしろ、社交場にしろ、散らばっていたことを知っていたと思える。

そして、それらには、背徳とか堕落とか、あるいは自由とか、大人になったら味わえる禁断の魅惑があり、生唾を飲み込んでいたに違いないのである。

彼ら、私より数歳年長の人たちの戦時の実感は、それらが姿を消して行ったり、口にすることを憚られることになったことによる喪失感である。昨日まであったものがなくなった、昨日まで使えたものが使えなくなった、昨日まで良かったものが悪くなった、徐々に徐々に褪色して行く幸福観の中で、ただならない時代を感じる。

ところが、私たちに喪失感がないのは、それらの華やいだもの、豊かなものが、最初からなかったからである。あった時代の少々の記憶はあるが、大したものではない。

学生服の金ボタンが陶製になり、松の葉を軸木に使った松葉マッチが現われ、バケツも木製のものに変わり、杓子も赤貝の貝殻に柄を付けたものと、全てが代用品になってしまったとしても、さして不思議は感じなかった。そういうものだと思っていたから、魂を抉《えぐ》り取られたようなうそ寒さを、覚えるということもなかった。

甘い食べ物も夢想する原体験がないので、夢の中にチョコレートやケーキが、現われるということもない。

外国文化に至っては、既に、敵性語、敵性音楽等の追放が徹底していたから、追放の時点の衝撃を知らない世代なのである。喪失感につながることは全くなかった。

物質や文化や、生活の状態によっては、非常時という認識を持たなかったが、私にも感じることはあった。

それは、周辺から若い男の姿がなくなるということで、特に、学校でそれを感じた。その都度、男の先生が次々に出征して行った。校庭で何度も何度も壮行会が行なわれた。その都度、私たちは、日の丸の小旗を振って歌を歌った。

出征した男の先生に代わって、代理の女の先生が増えたことで、私は、非常とか異常とかを覚えたように思う。

入学したばかりの頃、私は、学校は天国のように思っていたが、それはほんの短い期間で、すぐに地獄に変わるのである。そして、地獄と思える原因のほとんどは、女の先生であった。

全く、今考えても、あの頃の女の先生の振舞いは理不尽である。なぜあのようにまで子供たちに厳しくあたれたのか、不思議でさえある。厳しいという言葉はどうであろうか、単なる虐待であったのではないかとさえ思える。

正規の免状を持った先生であったのか、それとも、いわゆる緊急雇用の、代用教員と呼ばれた人たちであったのかはわからない。いずれも、高等女学校を出たばかりというくらいに若かった。

黒い服を着ていた。憶えているのは、スーツ型の上衣に、白い襟を出していたことである。みんながみんな、そうであったわけではないだろうが、黒い服と白い襟は何人もいたように思える。

総体的に、女の先生は恐いという評判であったが、私たちの先生は、特に権威主義的で、ヒステリックでもあった。何かというと逆上して、折檻を加えた。

背が低く、太っていた。色は浅黒く、頬は血の気が浮き出たように赤かった。目鼻立ちははっきりしている。眉も濃く、目も大きく、唇もきわ立って赤く、決して醜女ではない。髪の毛は短か目で、それをキュッと引き絞るようにして、後で結んでいた。そして、黒い服に白い襟である。五十年過ぎた今でも、この程度に印象を語れるのだから、只事ではない。

私が狙い撃ちにされた。初めは、可愛いくないと自覚していたから、嫌われたのだと思った。しかし、同じ組にはもっと可愛いくないのもいたし、苛めやすいタイプもいたからそうではないとわかり、次は、巡査の子だからそうされるのかと、理由をあれこれ探っていた。

しかし、やがて、みせしめだということがわかる。私は級長だった。当然のことに成績も良かったし、目立つところもあり、子供の中では一目置かれているようなところもあったから、私を叱ったり責めたりすることは、効果があった。

私は、私自身のことで罰を受けるということは、めったになかった。ほとんどが、他の子供たちの失点を負わされ、代表してピシャリとやられた。ピシャリとやるのは竹の物差しで、その女の先生はそれを如何なる場合も手放さなかった。そして、実に律義に、容赦なく、私の頭や頬や肩や、時に尻に飛ばして来た。

子供たちの失点は大したことではない。子供なら、誰でもやることである。宿題を忘れたり、遅刻をしたり、粗相をしたり、挨拶が欠けたり、服装がだらしなかったり、姿勢が崩れたり、もの憶えが悪かったり、ちょっとした私語があったり、何でもないと云ったら何でもない。だが、その女の先生にとっては、何でもないことではないようで、私が怒られた。

特にその先生が絶対に許さないものは、女の先生だということで侮っていると感じることで、それはもう、被害妄想としか取りようがないほど、悪意に満ちた解釈をした。当時の国民学校低学年の学童が、先生を侮るということはない。先生というのは絶対の存在であるから、畏怖している。先生の権威を辿って行くと、頂上は天皇に至る。だから、失敗や失点と思われることに意識があろう筈がないのだが、そういう態度で立派な少国民になれますか、という論理になった。

私たちは、教室では、常に姿勢を正していた。椅子に掛ける角度まで決められていた。机の上に肘をつくことも許されない。教科書を朗読する時も、手を真直ぐに伸ばすのが、きまりであった。姿勢の悪い子は背中に竹の棒を差し込まれ、意味もなく手を机の上にのせていると叩かれた。

その女の先生は、この部分に拘泥わった。正しい姿勢が崩れると、男の先生の時にはちゃんとしていたのに、女だと思って馬鹿にして、となった。

それにしても、なぜ、あのようであったか、一つは使命感のようなものを過剰に感じたとも思えるが、やはり、異常な時代の空気の圧迫の中で、ヒステリー状態になっていたとしか思えないのである。

しかし、みせしめに級長の私を責めることも、お国のための教育方針だと心得てもいたようで、あんたが悪いわけやない、と慰めたこともあるから、誤った確信犯でもあった。

今思い出しても、あの先生には罪を感じた顔は考えられず、むしろ、恍惚としたり、陶然としていたように思えるのである。

私は、痛いとか、辛いとかには耐えられるが、幼児の時から、屈辱を与える仕打には我慢がならない方であった。

だから、あんたらがしっかりせんと、深沢君が辛い目に遭うんよ、とピシャリとやられるくらいならよかったが、さもさも屈辱を加えるように、人目に立つところでぶざまな姿で立たされたり、罰のための芸をやらされるような目に遭うと、女の先生以上の逆上を示した。

ある時、私は、切腹騒ぎを起したことがあった。教育方針とやらの理不尽さに、子供ながらに耐えられなくなったのである。

それまでは地獄だとは思いながらも、学校とはそういうもの、先生とはそういうもの、学童はそれに耐えて学ぶものと思っていたのだが、それにも限界があった。屈辱が引き金になった。

「そやなあ。級長の深沢君に代表して、チャーチルの的になって貰おうか。みんなで、鬼畜米英のタマ投げやりましょう」

と、女の先生は云った。

つまり、私に、チャーチル英国首相のお面をかぶせ、みんなで紅白のタマ投げのボールを投げさせようというものである。罰と訓練が同時に出来る、一石二鳥の妙手ぐらいに思っていたのかもしれない。

チャーチルは、ルーズベルトと並ぶ敵であった。それになれというのが第一の屈辱、第二の屈辱は的になるということで、子供たちのボールを身に受けるいわれはない。

私は、肥後守という当時の子供が持っていたナイフで、切腹をすると云い出した。声には出さなかったが、珍しく、その時、私は泣いた。

可愛くないとか、反抗的だとか、非国民的行為だとかいろいろと云われて、尚更先生の怒りに油を注いだが、私も腹にナイフを当てたまま、石のようになっていた。

そのような状態で何時間も過ぎた。他の子供たちが下校しても、私と女の先生の睨み合いはつづいた。他の先生も来るようになったが、私は、ポロポロ涙をこぼしながら、唇を嚙みしめて、首を振りつづけた。

そのうち、父が呼ばれた。父の武吉は、自転車で駈けつけて来た。巡査の制服で、サーベルを下げていた。女の先生が、一応の説明はした。それには嘘はなかった。

「教育方針に文句をつける気はないが」

父は云った。しかし、と言葉を切り、

「巡査の子に恥は禁物や。恥を与えたら、こいつ、こんなチビでも死にますぜ。子供に切腹する気を起させたんやから、あんた、介錯は出来るんでしょうな」

父は、恫喝したわけではなく、ほとんど独り言のような低い声で云ったのだが、それは恫喝と同じだった。

女の先生は、関節が弛んだように膝をつくと、両手で顔を覆い、それから、あらためてという感じで、まるで子供のように泣いた。それまでの緊張が一気に解けたような泣き方で、地団太を踏み、その姿は先生でも何でもなく、ただの若い娘になっていた。

私は、父の自転車に乗って帰った。

「級長やったら、我慢せんかい」

確かに、父は、そんな風に云った。

それは、小さい恥と大きい恥を取り違えるな、と云ったように思えたのは、何年もあとのことである。

国民学校二年生になって、父の武吉は、淡路島西海岸の町の駐在所へ転勤となった。それまで、東海岸の町や村をかなり転々としていたが、西海岸は初めてであった。しかし、それ以後、ずっと西を動かず、私の鮮明な淡路島の記憶は、全て西海岸の町々ということになる。

話はそれるが、淡路島というのは、人が思っている以上に大きな島である。シンガポールと同じ面積がある。人口も全体で二十万人を前後している。細長い島で、島の中央に背骨のような山脈が走っていて、それがはっきりと東と西を分ける。

今はそうでもないが、少し前までは、かなり明確に、東と西の文化や経済の格差を作っていた。もちろん、大阪湾に面した東海岸が、あらゆる面で恵まれている。西海岸には、荒涼さや、寂寥ささえあった。だから、気風も違う。

その中でも、最初に転勤した西の町は、一応以上の町で、人口も多く、一揃いのものはあるというところだった。

私は、入学して一年のいきなりの転校で、緊張していたが、泣いて家へ帰るようなことはなかった。

昭和二十年六月のある夜、私たち子供は、その町の浜辺から、この世のものとも思えない、美しく揺れる赤い空を見た。

B29の爆撃で、明石《あかし》から姫路にかけてが燃えているのであった。

「きれいや、きれいや」

と騒いでいると、父の武吉が背後にいて、何がきれいやと撲られた。しかし、その拳固はすぐに開かれ、私の頭に温かくのっていて、国の滅亡のけはいを嘆くかのように、ゆるゆると撫ぜ始めたのである。

18

昭和二十年八月十五日は、私にとっても、父の武吉にとっても、実に長い一日であった。普通の日の倍もあったように思える。

もっとも、私たち父子にとって長い一日というだけではなく、日本中の誰もがそう思った筈で、その日、戦争に敗れた。

私は八歳で、国民学校の三年生であった。

八歳の子供であるから、その日のことを克明に記録しているということはない。冷静にしろ、衝撃のあまりにしろ、国が敗れた日のことを書き綴る子供がいたら、気色が悪い。しかし、記憶はしている。鮮明である。

ただ、記憶というもの、事実の正確な転写とは限らない。感慨が事実を呼び起すということもある。そうなると、それが果して事実であったかどうかは、疑わしい。しかし、感慨に結びつくと、私にとっては真実である。

終戦の日の記憶は鮮明であると云ったが、その鮮明さに気づいたのは、何十年も過ぎてからである。八歳時の記憶を、九歳の時点では確認していない。その頃には、終戦の日も、その他の一日とほとんど違いなく、まるで、時の砂に埋もれるように過ぎていた。二度と掘り起されることはあるまいと、思っていたかもしれない。いや、それすらなかったであろう。

大人になってある時、原風景のような形で、その日が蘇った。

砂漠に落ちた一粒の種子のように、記憶につながる最初の核となったものは、何であったのだろうか。

青空かもしれない。南瓜の花かもしれない。あるいは、銀色の光を放つサーベルかもしれない。そんな何かがきっかけとなって、ある一日が、信じられないくらい近くにあるように、思い出す。一つを思い出すと、一つにつながるというくらいにである。

八歳の時の無意識の記憶が、何十年も経て再生されるのであるから、八歳のままであるかどうかは、疑問である。

記憶を引き出すには、引き出すだけの事情があり、それを確認するには、また、それなりの都合がある。どこかで修正を加えたり、思い込んでいる部分があるかもしれない。

特に、感覚的な記憶にその傾向は強い。今更、記録を持ち出して、思い違いですよと云われても、記録はともかく、私にはそうは見えなかった、私に見えたのはこうだったと、云い張るしかない。

たとえば、その日の青空のことがそうである。やはり、真っ黄色な南瓜の花でも、銀色のサーベルでもなく、壮大な記憶を引き出す核は、青空であろう。

私は、日本が敗れた昭和二十年八月十五日は、生れてこの方、一度も見たことがないほどの、それから、将来にも見ることがないと思える、凄絶とさえ云いたいような青空であったと信じている。

青いというよりは、全てが白く見えるほどの快晴とも書いているし、また、別の文章では、空そのものが喪失したかのように思える、とも書いているのである。

だから、原風景はと問われると、躊躇もなく八月十五日の青空と答え、私の全てはその日に始まるとさえ思っていたのである。今もそれに変わりはない。

私は、日本中そうであったと思っていた。事実、八月十五日について書かれたものを読むと、大抵がそうであるし、映像の作家が拘泥わって表現するのも、背景としての、特異に思えるほどの青空であった。

しかし、それは、一種の幻覚、幻想ですよと、私に云った人がいた。特にあなたにとって、青空を必要とする心理的理由があって、そう思い込んでいるのですよ、とも云った。

「昭和二十年の八月十五日はですね、確かに悪い天気ではありません。雨が降ったところは、札幌で午後ににわか雨がちょっとあったくらいですが、まあ、大体、晴ないし曇。しかし、阿井さん、あなたがおっしゃるような、歴史に残るような快晴とか、天体の異変を感じさせるほどの、清澄にして爽快、見上げるだけで涙があふれるといった、大仰な青空ではなかった筈でございますよ」

と、私にそう云ったのは、博覧強記で知られるテレビの演出家であった。そして、特に、東北から北の方に住んでいた人の物を読むと、大体に曇ですよ、ともつけ加えた。

私は、信じて疑わないことであったので、東北や北海道はともかく、私のところはそうだったのだと云い張った。

しかし、何とも気持が悪いので、手許にあった記録を見てみると、それには、大阪の天気としか書かれていなかったが、午前九時で曇、午後三時で晴となっていた。快晴のマークはなかった。気温だけは、午前で三十度、午後で三十四度とあるから、青空とともに記憶している暑さの方は、間違いない。

ついでに、全国を見てみると、成程、博覧強記が確信を持って云ったように、午前も午後もともに快晴というのは、どこにもない。快晴のマークが付いているのは、新潟の午後だけであった。東京が曇から晴、福岡は、午前午後とも晴である。

雨が降らなかったから、その日はいい天気でという程度のことでは困る。快晴でなければならない。第一、あれを快晴と呼ばないで、他にどういう快晴があるというのだと、私は思った。

考えられるのは、調査区域の問題である。大阪という表記が、大阪市で観測したということなのか、大阪地方というかなり広い範囲の平均なのかわからない。いずれにしろ、大阪と淡路島では、だいぶ離れている。

淡路島でも、東海岸と西海岸では、天気が違うことがある。他はどうであれ、その時私が住んでいた淡路島西海岸の町の空は、奇跡的な青空であったのだ、仮に、五里四方であろうがそうであったのだと、思うことにしていた。

それはそれでいい。それほど粘着性があったり、執着心がある方ではないから、そこで解決させた。私の奇跡の青空を信じることにしたのである。

しかし、正直なところ、博覧強記のテレビ演出家が云った、一種の幻覚、幻想ですよ、というのも気になる。

快晴ではなかったですよと、いろいろとそうではなかった証言を聞かされたのであるが、それでも、あの日が快晴であったと信じている人の方が、圧倒的に多いのである。

集団催眠的なことで、ありもしない青空を記憶したというのだろうか。

だが、あの日、青空を演出して、何かを劇的に記憶させるなどということは、国が滅びようとしている日本には、思いも及ばなかった筈である。そんなことが出来るのなら、とっくに私たちは幸福になっていた。

とすると、記憶の再生時の問題である。体験時に於ては、八月十五日が青空であるかどうかということは、大したことではなかった。重大な要素ではない。これが重要と思われるようになったのは、それこそ、何十年も過ぎてからである。その時、青空を必要とする心理的理由が働いたということであろうか。

私は、八歳ではあったけれど、しかも、既に五十年近くを経ているわけであるが、昭和二十年八月十五日を、朝目が覚めた時の暑さ、胸に浮いた汗の粘っこさから、とてつもなく長いと感じた一日の波乱の数々、それに絡み合って来た人々のことなど、目前の出来事をなぞりながら語るように、話すことが出来る。あるいは、日記のように淡々と記すことも出来る。

八月十四日がどうであったか、これは、そんな日が存在したかというほどに、記憶は皆無である。八月十六日や八月十七日は、八月十五日のつづきの出来事は憶えているが、その日としての印象は何もない。

これも不思議といえば云える。しかし、一向に不思議ではない、人間の記憶というものはそういうもので、決して羅列の上に成立つものではないと、そんな考え方もある。幻覚で、幻想で、それを必要とする心理的理由が構築したものばかりではあるまい。確かに、父がいて、母がいて、妹がいて、めまぐるしく町の人が出入りして、そして、八歳の私がいた。

19

麦飯、それも、六分とか七分というのは麦の方である。ごはんが黒ずんで見える。昨夜の水団《すいとん》の残りが味噌汁代わり、茄子《なす》が入っているため、この汁も黒い。それに、南瓜を塩茹でにしたもの。砂糖が無いので、煮付けよりは塩茹での方が、甘味が増すという。いくらか卓袱台が華やいで見えるのは、もぎ立てのトマトがあるからである。皿に粗塩がのっている。これでも、何だか、今日の食事はいいような気がする。麦が七分にしろ、ご飯があるからであろう。

ここのところ、場合によっては、水団だけとか、芋だけということもあり、質はともかく、いくつかの椀や皿が並んでいるというのは、嬉しいものである。

八月十五日の朝食である。

父の深沢武吉を上座に座らせ、その横に私、母のきく乃と一歳になったばかりの妹の登喜が、並んで食事をしている。

兄の隆志は海軍に入っている。少年雑誌の表紙のような水兵姿の兄の写真が、小机の上に飾られ、麦飯と小さ目のトマトとお茶が、陰膳《かげぜん》として供えてある。

姉の千恵も学徒動員で神戸の軍需工場へ行っているのだが、どういうわけか、こちらの陰膳はない。女だからかもしれない。あるいは、非戦闘員であるため、無事を祈る必要はないと思ったのかもしれない。

しかし、それなら妙なもので、連日連夜の大空襲で非戦闘員も大勢死んでいる。広島や長崎には、新型爆弾が落ちている。淡路島のこの田舎でも、機銃掃射を浴びたことがあるし、遊びのようにバラ撒いて行った焼夷弾で、あちこちで火災を起している。兵隊でないから、無事を願わなくて済むということはあり得ない。私は、たぶん、姉の千恵の適当な写真がないのであろう、あれば、水兵の兄と並べて飾られるに違いない、と思っていた。

黙々と食べる。食事時にあれこれと話をすることは、もう何カ月もなくなっている。それでも、全くないかというと少しはある。

少しでもある方がいいと思っているので、私は、兄の隆志の夢を見たと話す。そして、夢に現われた下士官姿の兄が、如何に凛凛しく、颯爽としていたかをしゃべる。すると、父の武吉の目も、いくらか輝く。

「そりゃあ、お母ちゃんも見たかったなあ」

と、母のきく乃が目を細めて云う。そして、下士官の写真はないしなあ、水兵さんのだけやしなあ、と残念がる。

今年の春、兄の隆志からは、海軍一等兵曹になったと、誇らしい調子の手紙が来ていた。行事があったり、階級が上る度に、写真館で撮った写真が送られて来ていたが、さすがに、そんな呑気なことがしていられなくなったのか、念願の下士官となったのに、写真は届いていない。

水兵帽と違うツバのある制帽をかぶり、短い剣を吊った姿はさぞ立派だろう、なあ、夢でもそうやったろうと、母のきく乃が云った。私は、うん、と答える。

八畳の座敷は開け放している。濡れ縁があり、敷石があり、ちょっとした庭、そして、竹垣がある。隣家とは少し段差があって、こちらが高いから、覗かれることはない。駐在所の建物の横手にあたる。そちらが東なので、眩しい光が射し込んで来ている。風はない。私たち家族は、タラタラと汗を流しながら、粗末な朝食をとっていた。

蟬の声が喧しい。白い蝶が、自分たちだけが嗅ぎ分けられる風の道を知っているかのように、同じ高さのところに一列になって、揺れていた。

父の武吉が、代用茶の藤の葉を渋そうに飲み、煙管《キセル》にただの枯草と思える物を詰め込んで吸い、時折、噎《む》せ返った。そんなに不味いものならやめればいいと、私は思うのだが、そうも行かないらしい。

「ポンプのパッキンが悪うなって、何度も迎え水せんとあかんようになりました。何とかなりますやろか」

母のきく乃が云う。

父の武吉は、よっしゃ、そのうち、わしが直してみる、と立ち上る。巡羅に出るつもりでいる。

「暑いのに、ご苦労さんですなあ」

と、母は、汗まみれになった父を団扇で煽いで、風を送る。父の武吉は、風の当る場所を胸の方とか背中とか指示しながら、暑苦しい制服に着更え、たまらんなあと愚痴をこぼすが、サーベルを下げると、引き締ったように巡査の顔になる。

「一巡りして来る」

と、父の武吉が出掛けようとした時、警察電話が鳴った。

私たちは、その頃、父が電話をとると、家族そろってそちらを凝視するという、習性があった。

警察電話は常に災厄をもたらすもので、少なくとも父を駆り出す。拒めない強さで引っ張り出す。だから、母も、私たち子供も電話が鳴ると、息を詰めて見つめるのが癖になっていた。

電話に出た父は、緊張していた。思いなしか、姿勢まで正したように思えた。特に他への連絡の必要は？　と問い、それじゃそれは役場との共同態勢で、と云って電話を切った。

「何か？　えらいことですの？」

母が心配気に訊ねると、

「正午になったら、ラジオを掛けるように、天皇陛下のお言葉が放送される」

父は、表情を硬《こわ》ばらせて云った。それから、ラジオのありそうな家には教えてやれ、無い家の連中は家へ集めて聞かせてやれ、健太は、学校へ行ってみんなで聞くのがいいやろ、天皇陛下が御自らお話を賜わるということは、よほどの重大事と思われる、謹聴せんとな、と心構えまで指示した。

「日本、勝ったということですか？」

「わからん」

それから、父は、役場へ行くと云って、自転車に跨った。私たちは、玄関まで出て見送った。母のきく乃は登喜を抱いて、えらいことですか？　とまだ訊いていた。

「もう一踏ん張りや、最後の力を振り絞って頑張れと、お言葉を掛けて下さる」

父は云った。母は、はあと答えたが、それを信じていたかどうかわからない。白い景色であった。南瓜の花の黄色さ、萎《しぼ》みかけた朝顔の淡い赤や青、やや色づくけはいにあるものの、それでも充分に青々とした稲田のひろがり、それらの色鮮やかさを識別していながら、なおかつ、白いと思える酷暑の印象であった。

その中を、古びた自転車に乗った深沢武吉巡査が遠ざかって行く。油の断《き》れた音がする。サーベルがぶつかる音が、ガチャガチャと混る。そのサーベルが、時折、光を反射してキラキラと光った。

座敷へ戻ると、いつの間にか、裏口から入って来て、様子を窺い窺い半巡した近所の若い嫁の石本カネコが、濡れ縁に腰を下していて、ご飯時でしたなあ、お邪魔でしたかいなあ、と云ったが、腰を上げる素振りはなかった。

「お暑うて、何や、今日は特別ですなあ。それに、昨夜も、空襲警報が何度も鳴って寝られへんかったし、こたえますなあ」

石本カネコは云った。

母のきく乃は、トマトどうです？　と皿を押しやり、ついでに、粗塩ののった皿もすめながら、何ぞ？　と用件を訊《ただ》した。

「いえいえ、用やありまへんけど、多田さんとこのお葬式どないします？　英霊やのうて、八十にもなったお婆ちゃんやから、つきあいの薄いもんは、行かんでもええように思いますけど、どうですやろ。これが英霊やったらなあ、お国のために戦死された人やから、つきあいが薄いも濃いも云うてられんことですけど」

石本カネコは、そんなことを云いながら、ほならご馳走にと云って、すすめられたトマトを美味しそうに食べた。

母のきく乃は、多田家の老母とは何の交際もなかったし、多田家とは何もないし、葬式には行かんつもりでいますけどと答えると、彼女は、そうですわな、それでよろしいわなあと云って、トマトを全く遠慮もなく、三つも食べた。

それから、二、三の噂話をした。しかし、結局は、彼女は、用がないどころか、米を借りに来たのであった。

「ほんの掌にのるくらいでええんですわ。うちのお義父さん、亭主の父親ですけど、臥っていますやろ。もう長いことおません。そのお義父さんが、昨夜から、真白なお粥が食べたいって泣きますね。一口でええから食べて死にたいて。けど、うちんとこ、役場勤めで、田圃も畑も無い家ですやろ。一粒もありませんね。何とか貸していただけませんやろか。お粥一回分、何とか」

「お米なあ」

母のきく乃が、困った声を出した。お米と云われてもなあと渋っていたが、へえと云うと、台所の方へ立ち、茶碗に八分目ぐらいの米を持って来て、これ全部ですの、けど、お粥にはなりますやろ、どうぞ、お義父さんお大事に、と云った。

私は、これで、六分、七分どころか、まるっきりの麦飯か、それすら無くて、水団の食事がつづくだろうと、気が重くなった。

石本カネコは、茶碗の米を掌に移し、おおきに、おおきにと云い、これで、お義父さん、ちゃんと死ねますわ、亭主が出征で留守なだけに、無下に出来んことがいっぱいあって、と云った。

母のきく乃は、急いで帰ろうとする石本カネコに、正午に天皇陛下の放送があるから、必ず聞くようにというお達しです、と声をかけたが、彼女にとって、目下の関心事は、掌の上のいくらもない米粒のようで、へえ、天皇陛下が、と頓狂な声を出しただけだった。

「お母ちゃん、人がええなあ」

母のきく乃は、米のことを云っていた。石本カネコはまだ若かったが、亭主を戦場に取られた嫁のしたたかさか、切破詰った生き方かわからないが、あれはなかなかの女やからなあ、という評判だったのである。母は、また、溜息をついた。米を惜しんでいた。

私は、遊んで来るわ、と云って家を出た。母は二つのことを注意した。艦載機に気をつけるんやで、来たら、溝にでも何でも伏せるんやでと、正午にはちゃんと学校へ行って、天皇陛下のお言葉を聞くんやで、であった。

私は、裏口から出た。ポンプを押してみると、成程母の云うようにパッキンが駄目になっているのか、スウスウと空気だけが喘息のように鳴った。

眩しかった。青空がひろがっていた。田圃の畦と思える道を、小さい葬列が通っていた。夏休みであったが、私が特にやることはない。もう腹が減っていた。

私は、その日だけを克明に記憶していて、今になっても、現在形で書けるような一日を不思議がっている。やっぱり、特異な記憶だと思う。それは、たぶん、私が八歳であったことに起因している。

六歳か七歳であれば幼な過ぎる。もっと年長、十三歳とか十四歳になると、既に自らの判断で選別してしまう習性が備わっているから、こんなに憶えていることはない。八歳で、しかも、少々感じやすい方だったから、こうなのであろう。

この日のことに関していえば、私は、胸の中に語りべを抱えているような気持にさえ、なるのである。

20

やはり、その日の晴れっぷりは、異常なほどの快晴と呼んでいいと思う。

私は、憶えている。校庭に整列した学童たちの足許に、黒々とした影が水たまりのようにあった。コールタールのように色濃い影である。正午だから、太陽は真上にあって、影の位置としてはそうなる。

しかし、ここで、奇怪なことに気がつく。私の脳裏に思い浮かぶ情景は、完全に俯瞰である。小高い丘の上からでも見下したような図柄に見える。たとえば、その丘はどこであるか、どの場所に立って見ている角度であるかということも、特定出来る。

奇怪というのは、そのことである。そんなことはあり得ないからで、私もまた国民学校三年生の学童の一人として、整列の中にいたからである。これを俯瞰で見たということは物理的にあり得ないし、黒々とした小さい影の確認など、しようがない。

それでも、私は、長年そう思っていた。いや、今も、むしろ、俯瞰の白っぽい情景の方を信じている。

昭和二十年八月十五日正午。

炎天の下に持ち出され、玉座のようにしつらえられた台の上に鎮座していたラジオが、時報を鳴らした。私たちは、まだ、暑いなあ、たまらんなあ、と思っていた。

「ただいまより重大なる放送があります。全国聴取者の皆様、ご起立願います」

と、ラジオの放送員が云うと、先生の一人が、気をつけえッと怒鳴り、さらに、謹聴ッと命じた。君が代が流れる。

「天皇陛下におかせられましては、全国民に対し、かしこくもおんみずから、大詔を宣《の》らせたもうことになりました。これより、謹みて玉音をお送り申します」

私たちは、その時、小さなパニックに襲われていた。

幼いながらも感じ取っている国家非常の状態に対してとか、神の声を生れて初めて聞く緊張とか畏れではなく、足許を蛇が這っていたのである。蛇は土埃で白くなりながら、何を求めてどこからどこへ行くのか、整列した学童の足を縫うようにして移動しているのである。

天皇陛下の声はもう流れている。謹聴しなければならない。しかし、足許を這う蛇は恐いし、気色悪くもある。ここで列を乱したり、声を立てたりしたら、どんな罰が下るか、どんな災厄に至るかは知っていたから、何とか我慢しようとするのだが、ざわめきになる。先生が、また、謹聴ッと叫ぶ。そして、とうとう一人が悲鳴を挙げ、その声を聞きつけた先生に撲り倒された。

その騒ぎで、天皇陛下のお言葉の前段の部分は聞き逃したが、仮にそれがなく、如何ように謹んで耳を傾けても、国民学校三年生には、理解し得なかったであろう。

「朕深ク世界ノ大勢ト帝国ノ現状トニ鑑ミ非常ノ措置ヲ以テ時局ヲ収拾セムト欲シ茲ニ忠良ナル爾臣民ニ告ク。朕ハ帝国政府ヲシテ米英支蘇四国ニ対シ其ノ共同宣言ヲ受諾スル旨通告セシメタリ」

私たちは、何もわからなかった。

ただならないことだと感じたのは、私たち学童と対面して整列していた先生の何人かが、膝をついて号泣し始めたからである。それらは、比較的年長の男の先生に多かった。もっとも、若い男の先生は出征していて、ほとんどいない。年長の女の先生は、まるで子供のように厭々をし、若い女の先生は数人が云い合せたように、空を見上げていた。

それらの先生の一人一人に短く声をかけ、あるいは、肩を抱き合って慰め合いした校長が、朝礼台に上り、

「戦争が終わりました。日本は敗れました。これ以上のことは何も云いません。君たちは、一分でも早く家へ帰り、お父さんやお母さんの顔を見て下さい。お祖父《じい》さんやお祖母《ばあ》さんでも、兄さんや姉さんでもいい、肉親の顔を見て下さい。私の話はこれだけです」

と、蟬の声にかき消されそうな小さい声で云った。あまりその場にふさわしくない話し方であった。檄でもない。感泣の訓話でもない。校長は声を詰らせ、時々、目頭を押さえていたが、台上で号泣するということはなかった。妙に場の緊張が解けた。

校長は、静かに台から降りた。そして、もう、他の先生に声をかけることもなく、そのまま校舎の方へ歩いて行った。

私たちが帰ろうとすると、先程、蛇の騒ぎで学童の一人を撲った先生が台に上り、待てッと云い、気を付けッと号令をかけた。その先生は、岩のように大きな顔をしていたが、涙でびしょ濡れになっていて、それを拳固で拭い拭い、まず、万歳を三唱し、私たちにもつづくように云った。

岩のような顔の先生は、明らかに、校長の言葉に不満を抱いていた。

「今、教育者として云うべき言葉は、肉親の胸でゆるゆると感傷を貪ることではない。陛下のお言葉の裏の意を汲み、一億ともどもに国に殉じ、死ねと云うことではないか。それを語らない校長は許せない。国が敗れたことよりも、敗れた時に美しくあれと云えない教育者に、怒りを覚える。無念だ」

と、また膝をついた。

しかし、私たちは、その先生の強要にも拘らず、死なずに済んだ。

号泣しつづける先生は、同僚によって宥められ、台から降ろされた。それでも先生の気持は鎮まらないのか、校庭の土の上を、子供のように転がりまわって、死ぬ、死ぬと絶叫しつづけた。私たちの中には、その姿を見て恐がる者もいたが、何人かは顔を見合せて笑った。

それから、何人かの先生が、男も女も関係なく、台に上って話をしたが、全員が無念だと云った。こんなに多くの無念という言葉を聞いたことはない。

だが、誰一人として、この先、日本という国がどうなるのか、私たちがどうなるのか、話してくれた先生はいなかった。まだアメリカを悪く云い、卑怯だと詰り、圧倒的物量に敗れただけで、日本人が劣っていたわけではないと、云い張る人もいた。

女の先生は、ほとんどが泣き声で、何を云っているのかわからなかったが、最後の方で、少女のような若い先生が、君たちが生きていられるといいんだけど、と云ったのが実感こもって聞こえた。

私たちは、校庭を出た。さすがに、連れ立って遊びに行くという気持にもなれず、すぐにバラバラになった。

校長は、一分でも早く家へ帰り、と云ったが、私はそうはしなかった。しかし、校長の話がいちばん、私たちのことを考えてくれているとは、わかっていた。

父はどうしているだろうかと、頭に浮かんだ。顔を見て下さいという校長の言葉をまた思い出し、父は何て云うだろうかと思うと、ちょっと恐くなった。もしかしたら、今夜、家族そろって一緒に死ぬと云うのではあるまいか、ありそうな気がすると思うと、激しく身震いがした。

私は、身震いついでに、畑の片隅で小便をした。驚くほどにたくさん出た。ただ光だけが満ちているような世界の中で、小便の音だけが響いた。

いつまでも止まないので、私は方向を変えて、里芋の葉の上へ、小便を降りそそいだ。

小便は汚いものだが、里芋の葉の表を転がると、きれいな水玉になって光る。しかし、地に滴り落ちると、また、ただの小便になっていることを、面白がっていた。

空も青かった。雲もない。本当に戦争が終わったのであろう、すっかり馴染んでいた飛行機雲もない。ああ、とのんびりした声を出しながら、田圃の畦で立小便している時、艦載機の機銃掃射を受けて死んだ人がいたことを、思い出した。

「死んでも、小便は出つづけてたんやて」

と、そんなことを、同級生の悪童の勇が云っていた。

それで、大慌てで小便を終わらせ、また、歩き始めた。何をするとも、どこへ行くとも、全くあてはなかったが、駐在所へ戻って行くのは、もう少し遅くの方がいいだろうと、なぜかそう思っていた。

私は不思議な気持になっていた。それは、戦争に敗れ、国が滅亡するという悲しみや恐怖よりも、はるかに強いもので、私は、戦争とは終わらないものだと思っていた。

国というものは、ずっと戦争状態にあるものだと、思い込んでいたのである。いわば、戦争とは、決して拒めない宿命とか、天然自然と同じようなものだと信じていた。戦争がいいとか悪いとかではなく、逃れられない営みのように考えていたのである。

それが終わった。天皇陛下のお力であるにしろ、何にしろ、終わらせることが出来ると証明されて、何か奇妙な気抜けと、説明し難い矛盾を感じていた。だが、八歳で考えられるのはそこまでで、だからどうだということでもない。

私が泣きたくなったのは、一時間か二時間、迷い子のようにさ迷ったあとで、一旦その思いになると、制止が効かないくらいに激しく泣きつづけた。しかし、歩くことも、蝶や蜻蛉と戯れることも、食べられそうな草を口に入れてみることも、それらの全てをつづけながらのことで、ただ、自然の出来事のように泣いた。

いつもの遊び場の神社の森を通り境内へ行くと、バラバラに別れて家へ帰った筈の級友たちが、大勢集まっていて、生の芋を猿のように齧っていた。本当に猿に見えた。

仲の良い勇が、やっぱり健太も来たんけ、と声をかけ、芋を投げて寄こした。

「お前ら、猿になったみたいや」

私は云った。子供たちが猿に見えるのは、戦争に負けたせいかもしれない。

私が驚いたのは、この一、二時間の短い間に、勇たちが、日本の行末と、私たちの運命についての情報を得て来ていることだった。

それによると、アメリカ兵はすぐにも上陸して来る、そして、十四歳から四十歳までの男はみな殺す、十四歳から四十歳までの女はみな乱暴して、それから殺す、きれいな建物はみな没収する、汚い建物はみな焼いてしまうということであった。みな、という言葉で例外がないことを強調する。

子供は？　十四歳から下の男や女はどうなるのだと訊くと、鎖を付けて教育し、成績のいい子はアメリカ人になり、成績の悪い子は牛にされるということだった。

「誰が云うたんや?」

私は訊ねた。

「みんな云うとる。大人たちは、みんなそう云うとる。まあ、みんな云うたんは嘘やけど、ちゃんと教えてくれる人があったんや。どないする? アメリカ人て、ごっついそうな。日本人の倍もあるそうやで」

勇は、そう云うと、十四歳でのうてよかったなあ、と笑った。

これは、もちろん、あとで思ったことだが、いかがわしい情報の生れ方、流れ方の速さ、それが真実味を帯びる仕組、さらに、どこかで信じてしまう人間の弱さ脆さというものを、恐しいと感じたものである。

勇が誰から聞かされたにしろ、その人は、ほんの半日前までは、神州不滅を語っていたに違いないのである。それが一瞬にして反転し、被害妄想を誇大妄想にし得るのは、やはり恐いことだと思う。

ところで、私たちは、その時それを信じていたかどうか、決して信じていたとは云えないが、それを強く否定するものも持ち合せていず、笛の音につられて死の行進をする鼠のように、ただ連って、日暮近くまで歩きまわっていた。

それでも、私にとって、八月十五日は、まだ半分の長さしか過ぎていなかった。

21

私は、父の武吉が切腹するのではないかと、それればかりを心配していた。その心配を母のきく乃に耳打ちすると、母もまた、そやなあ、と云った。そんなアホなことがあるかいな、とは云わなかった。

それで、包丁や鋏といった物を隠した。そんなことをしても、父がやる気になれば、サーベルもあるし、日本刀も持っているのだから、全く無駄なことなのだが、それでも隠さずにはいられなかった。

父は、別に、日本がもし負けるようなことがあったら、わしは腹を切って国に殉じる、とは云っていなかった。そのような決意を、軽々しく云う人ではない。

また、愛国の気持や信念を、これ見よがしの道具に使い、一目置かせようと考える人でもない。だから、切腹を恐れるようなことは、前段として何もなかったのだが、なぜか、母も私も恐れた。

実に淡々と、わしは腹を切るから、と云いそうな気がした。その時、泣いて止めると、それすら怒られそうに思えて、どうすべきであろうかと話し合った。

「健太、あんた、ぼくもなんてことを云うんやないよ」

と、母のきく乃が云った。母は一つの連想で、私が国民学校一年生の時、切腹騒ぎを起したことを思い出したに違いない。私自身は忘れていた。

「もしもよ、もしも、お父さんがそんなことを云い出したら、二人そろって恥かこなあ。武家の奥方みたいに、凛として見守るなんてことはやめよう。一生分の恥かいてでも、それこそ、泣いて、泣いてでも、やめさせようなあ」

母は、長年連れ添った夫婦であるだけに、父の中にそんな選択をしそうな資質を、感じていたのかもしれない。子供の私の腕や肩を揺さぶりながら、あんたも止めるんやで、きれいごと考えたらあかんで、と必死になっていた。

私と母は、架空であるか仮想であるか、まだ何が起るとはわからないままに、そんな話をしていた。それは、現実の問題を突きつけられたよりも、もっと切実な感じで、何としても、父に切腹させてはならないと、考えていた。

母が口走るように云った、きれいごと考えたらあかんで、というのが全てに思えた。きれいごととは、恥を厭う気持であり、見苦しさから逃れることである。時代や社会が激変した中で、とても毅然とした姿や、自らに課した真面目さが遂行出来ないと感じると、潔《いさぎよ》さを選ぶかもしれない。同じ自殺でも、切腹には、断固とした意志が感じられて、ある種の満足もあるだろう。

ことばは、自由だ。

普通版（菊判）…本体9,000円
机上版（B5判／2分冊）…本体14,000円

ケータイ・スマートフォン・iPhoneでも
『広辞苑』がご利用頂けます
月額100円

http://kojien.mobi/

［定価は表示価格+税］

放射能

「能」の字が示すように、本来は物質が放射線を出す現象または性質をいう語。放射能をもった物質が漏れるという意味で「放射能漏れ」という言い方をすることがあるが、もとの意味からすれば誤用。「放射性物質漏れ」とでも言うべきところだが、報道などで頻繁に使われて、『広辞苑』でも、放射性物質自体を指す用法があることに「第七版」から言及している。

私の心配も、母の必死の思いも、父の武吉の中に、諦観に近い断固さを見たからであろうと思う。

全部が全部きれいでなくてもええんと違いますか、というのは父には通用しない。小さな汚点も真黒な罪も、同じように見苦しいと感じるところがある。それを自らに許すのが、父の云う恥である。

恥を消すために、生命を断ちそうな気がする。理不尽であろうが、不条理であろうが、仕方がない。そういう人なのである。私と母は、そんなことを気遣いながら、父の帰りを待った。

父の武吉が、自転車を軋ませながら帰って来たのは、もう日が暮れてからであった。

その日の夕暮は、太陽が敗戦を嘆いて泣いたかのように、異常に赤かった。その時間がしばらく留まり、急激に暗くなった。帰って来た父の背景は闇だった。

「えらいことになりました」

出迎えた母が云った。

父は、うんとだけ頷き、三和土《たたき》に立ったまま、制帽とサーベルを渡して、汗を拭いた。

私も妹の登喜も、迎えに出ていた。私は、日本負けたんやて、と云った。それにも、父は、うん、と答えた。

「一巡りして来たら、汗をかいた。行水でもして、さっぱりとしたい」

と、父は云い、町の中は収拾つかんのやないかと思うてたが、静かなもんや、何事もなしという感じやったな、と座敷へ上った。

母は、父の靴を揃えながら、お湯がよろしいか、水の方がさっぱりしますか、どちらでも大丈夫ですけどと問うと、水でええ、バケツ二杯も運んでおいてくれ、と父は答えた。

「健太」

母は、私に、パッキンが不調のポンプで水を汲むことを命じた。

私は裏庭に出て、たっぷりと迎え水を注ぎながら、水を汲んだ。父が云うように静かだった。戦争に敗れて、人々は百鬼夜行するかと思ったが、そうでもない様子だった。赤茶けた灯が点在していて、それは、私には珍しい風景だった。光は外に洩れないようにするのが普通であった。

私は、バケツ二杯の水を風呂場へ運んだ。素ッ裸の父がそれを受け取り、なあ、健太、こういうことや、こういうことになってしもうたんや、と云い、バケツ一杯の水を荒行でもするように頭から浴びた。

こういうことが、敗戦をさしていることは、私にもわかった。

水を浴びた父は、浴衣に着更《きが》えるかと思ったら、制服のズボンを穿いた。さすがに上衣は着なかったが、何事もなしというても、何が起るかわからん、と云った。

父の表情は、奇妙に穏やかだった。いつもより数倍も柔和に見えた。しかし、私も母も、まだ安心はしていなかった。表情が穏やかであったところで、いつ、それこそ淡々と、腹を切るからと云うかもしれない。別人のような柔和さは、一種の覚悟の表れとも思えるから、私と母は、何度も目を見交していた。

食事はお粗末だった。また水団になった。石本カネコに掌にのるほどの米を貸したことを話し、麦ばっかりもなあ、何や切ないんで、いっそのこと水団です、すみません、と母は詫びた。そして、また、南瓜と馬鈴薯の茹でたものであった。

父は、水筒に入った酒を飲んだ。役場にあった戦勝祝賀用の酒を分けたのだと云った。父は盃に一杯、その酒を兄の隆志の陰膳に供え、とんだ戦勝祝賀やが、と苦笑した。

父は、赤くなりかけた煮干を二つに裂いて醬油を掛け、それを肴にして、美味そうに酒を飲んだ。私たちは、父の酒が終わるまで、食卓に座って待っている。それが食事の時の習慣であった。

「問題は流言飛語で、つまらんことを云いふらす奴がもう現われた。泥棒より性質《たち》が悪い。泥棒は大目に見ることはあっても、人の気持を惑わす奴は許せんな」

と、父は云った。

私は、勇が云っていた、十四歳から四十歳までの男はみな殺されるとか、また、女は乱暴されてから殺されるとか、という話を思い出していた。あれを流言飛語というのであろう。

「流言飛語て、どんなことですの？」

母が訊ねた。

「ああ、日本人はみな牛や馬にされると云いふらした奴がおる。また、それを信じて半狂乱になった奴がいる。旦那さん、何とかしてくれと云うて来たから、そんなことになったら、わしが真先に腹切って、どうやと云ってやるから、安心せいと云うてやった。全くしようがない」

私と母は、また、顔を見合せた。腹切るという言葉が父の口から語られたのは初めてで、それだけに胸さわぎがした。

水団を食べ始めて、父が、学校で先生方は何て云ったかと訊ねたので、私は、一分でも早く家へ帰り、肉親の顔を見なさいと云った校長の話と、死ねと云って泣き叫んだ、岩のような顔の先生の話をした。

父は、うんと唸っていたが、たぶん、死ねと云った先生は、自分では死なないだろう、校長の方が心配だな、と暗い顔をした。

久々に飲んだ酒のせいか、酒豪の筈の父が酔って、横になった。それから、すぐに鼾をかいた。仮死状態のように思える。

母は、父の腹の上に薄い蒲団を掛け、そのついでのように、サーベルを押し入れの中に隠した。妹の登喜も眠くなって、父と並んで寝た。

まだ、そんな遅い時間ではない。時折、外では人声すらする。しかし、起きているのは、私と母だけである。私は、とても眠れない。頭が冴えわたっている。

「お父さん、何を思うているのやろう。戦争に負けたこと。巡査がどういう目に遭うかということ。子供たちが明日からどうなるかということ。食べられるのか食べられんのかということ。いろいろあって辛いやろなあ」

と、母は云った。切腹する方がなんぼか楽やろか、とも云った。

私は、黙っていた。今、母が、父の問題として並べたことを、同じように、自分のこととして考えていた。しかし、何らの答が出る筈もなく、今は、玉音放送を聞く最中に校庭に現われた蛇の話をした。

あれは、何やったのかなあ、何かのお告げかなあ、とも云った。どこかで、そんな気もしていたのである。

「あんたらも、えらい巡り合せやなあ」

「けど、戦争終わったんやから、兄ちゃん帰って来るわ。姉ちゃんも」

「そやなあ。それはええことやなあ。隆志も千恵もそろったら、何とかなるわなあ。お父さん、巡査辞める云うかもしれんけど。ああ、ええ方に考えよう。子供らの時代や、健太の時代や」

と、母は、かなり無理をする感じではしゃいだ。だが、もしかしたら、本当にそう思っていたかもしれない。

父の武吉は、二時間ほど鼾をかいて熟睡すると、三十年分ぐらいの夢見たなあ、と云って起きた。それから、水筒の底に残っていた酒を飲んだ。

「健太、こっちへ来い」

父に呼ばれた私は、濡れ縁の近くへ行き、並んで外を見た。夕顔が咲いていた。それに月の光もあたっていた。

父が何か重大なことを話すのかと緊張していたが、横に並ばせるだけで、何も云わなかった。母が、二人分の代用品のお茶を運んで来た。私と父は、同じ間合で茶碗を取り、それを飲んだ。虫の声が聴こえた。

「すぐ秋になる。すぐ冬になる」

父が、煙管で代用煙草を吸って、しみじみという感じで云った。

すぐ春が来ると私がつづけると、父は、私の頭に肉刺《まめ》のある大きな手をのせて撫ぜ、丸い頭になってよかった、お前は瓢箪みたいな形の頭をしていた、と笑った。

その様子を見て、母は安心したようだった。少なくとも、この場で、腹を切ると云い出すけはいではない。そう思ったのだろう。

「酔った」

と、父は云ったが、そんな風にも思えない。しかし、そのすぐあとで、父は、思いがけないことを云った。

俳句を作ろうかと云うのである。父の口から俳句など聞いたことがない。切腹を気遣われている巡査と、似合うところがないのである。

突然俳句と云われ、驚いていると、さらに、作ってみろと肩を小突かれ私は、

「天皇の声に重なる蟬の声」

と云った。上手く出来たかどうかはわからないが、俳句らしい景色としては、それしか浮かばない。ええかな、これでと云うと、父は、まあ、そういうことやなと頷き、

「松虫の　腹切れと鳴く声にくし」

と詠んだ。

しかし、父は、すぐに視線を遠く置き、

「この子らの　案内《あない》頼むぞ　夏蛍」

と詠みかえた。

確かに、闇の中に一点瞬《またた》きながら、赤い蛍が飛んでいた。

数年過ぎて、私はその夜のことを話し、俳句の話もしたのだが、父の武吉は、俳句なんか知らんぞ、俳句って柄か、と云った。

第四章

肖像

22

父の深沢武吉に、生涯友人と称《よ》べる人がいたのかどうか、わからない。

私が知る限りでは、いなかったような気がする。巡査であったために、友情を育てることが出来なかったとも考えられるし、立派な巡査を貫くために決心して、友人を持たなかったとも思える。

親しくなり過ぎると、何かあった時に、こちらの信念を通し難い、特に田舎の駐在所では、職務と生活が一体になっているから尚更で、日常から一線を引いて置かないといけないと、よく云っていた。

それは、自分自身だけではなく、母のきく乃に対してもそうで、町の人たちと必要以上に親しくなることを戒めていた。

母は、理屈では理解しながらも、そうは云っても、人間同士のおつきあいやし、私かて気の合う人の一人や二人は欲しいし、と云っていたが、父は駄目だと許さなかった。

何が起るかわからん世の中や、いつ誰の手に手錠が要るようになるかもしれん、そんな時、友だちの手に手錠を掛けて鬼のように云われるのも辛いやろ、最初からその気でいたら、悩むことも、気まずくなることもないと、説を曲げようとしなかった。

さすがに、私たち子供に対して、友人を作るなとは云わなかったが、結果は同じことになった。私は、父が巡査であることによって深入りしないということではなかったが、転校慣れのせいか、別離の悲しみを緩和するために、いつ別れても辛くないつきあい方を覚えた。

そういった意味で、私もまた真の友人を持たないようにして、高校時代ぐらいまで過していたような気がする。

ところで、職務上の信念としてはそうであったとしても、もし仮に父が、ある種の趣味人であったとしたら、そちらの方の友人が必然的に出来たのであろうが、全くの無趣味であった。

将棋もささないし、碁も打たない。釣も一、二度一緒に行った記憶があるが、趣味とはほど遠い。風流を解するということももちろんない。

伯父の忠義の口から聞いた若い時代の父、ミシンを踏み、一筆画を描き、包丁捌きに腕を見せ、村芝居の花形であったなどということは、巡査になって以来、欠片も見せていないのである。無趣味である。そういえば、終戦の日の夜の俳句も、あれ一度だけである。

こういうことだから、友人はなかったと見る。形はともかく、少なくとも心を許したという人はいなかった。もしかしたら、これも、根無し草の賢明な生き方だと、思うところがあったのかもしれない。それなら、私と共通する。

ただ、私から見て、一人だけ例外的に、屈折した形の友情を持ち合っていた、と思える人がいる。その人とは、断続的ではあるが、長くつきあいがつづいた。

ただし、そのことを父に話すと、おそらく、強く否定するに違いない。父は、その、およそ自分と対極の生き方をする元同僚を、恥を知らない人間として、軽蔑していたからである。

それにも拘らず、私には、二人の間には友情があったと見える。私は、その恥を知らない人が嫌いではなかった。

その人は、鶴田《つるた》新八《しんぱち》といって、父と同じように駐在所の巡査をしていた。父に云わせると、彼は徴用逃れのために巡査になった男で、何らの志も抱いていないということになる。あれも巡査、こっちも巡査、一括りに巡査として見られてはかなわんと、云っていた。

成程、鶴田新八は、見るからに狡猾そうで、正義を執行する巡査と見え難いところがあった。制服にサーベルだから巡査に見えるが、あれでカンカン帽に絽の羽織にステテコなら、立派に女衒《ぜげん》で通用すると、云った人もいる。

父の武吉が軽蔑するのは、そんな風貌や雰囲気によるところもあったが、彼が、徴用逃れらしくもなく、権威や権力を振り翳《かざ》すところで、虎の威を借る狐よろしく、結構恐れられているところであった。

鶴田新八に云わせると、折角巡査になって威張れないのでは何にもならない、国家が権力の使用を許可してくれているのだから、面白いように使わせて貰う、ということになる。それに、原則的に、巡査を煙たがる人間は非国民的か、不埒な思想の持ち主が多いのだから容赦することはないと、かなり傍若無人、時の勢いで人を苛めもしていた。

「自分のことは棚に上げおって」

と、父は苦々しく思っていた。ああいう志のないのに限って、無責任に威張り返る、しょせん、奴は、どこにいるのが安全かを読んで巡査になったに違いないのに、とも云っていた。それは、私も聞いたことがある。

しかし、人間の感性とは妙なもので、一方で父の武吉はそう思っているのに、鶴田新八の方ではその父を信頼していて、何かというとやって来ては、親愛の情を示していた。

「深沢武吉という男ほど、見事な巡査を、いや、立派な男を見たことがない。他の人たちは、表向ききれいなことを云ってても、裏は違う。腹の中はもっと違う。汚いもんやと云ってもいい。私にはそれが見えた。しかし、深沢さん、あんたは立派や、真面目という言葉も、あんたに使うて貰えたら、本望やいうくらいや」

などと、さかんに持ち上げ、父はその都度、あんたに云われたら、立派も真面目もくしゃみすると、憮然としていた。

父が鶴田新八巡査を受け入れているところがあるとするなら、同じ九州の大分県の出身だということぐらいだったかもしれない。

その鶴田新八と父の深沢武吉が、八月十五日の深夜、つまり、戦争に敗れた日の夜、酒を飲んだ。

夜ふけて、鶴田巡査が訪ねて来たのである。私たちは、やっと床に就いたところであった。父は、何事かあるといけないと云って、暑いのに制服のズボンを穿いたまま、横になった。そのちょっと前、父と私は俳句を詠み合っていた。母は、父が極端な身の始末を付けることはないと悟って、安堵していた。

「負けるとはなあ」

と、父は云い、それは、誰に云うといった言葉でもなく一種の呟きで、しばらくすると寝息が聞こえ始めたが、その間もなく、駐在所の玄関のガラス戸が激しく叩かれた。それが鶴田新八の訪問だった。

「ああ、何事もなかったんやな。よかった、よかった。私は、あんたのことやから、馬鹿な律義さで自決でもするんやないかと、それが心配で、自転車走らせて来たんや」

と、彼は、父の顔を見るなりそう云った。

「あんたに心配されることでもない」

「そりゃあ、そうだろうが、まあ、よかった。あんなどえらい戦争の責任を、田舎の巡査が背負えるものやない。けど、あんたは、背負わんまでも、知らん顔出来ん人や。早まったことをせにゃあいいがと、焦った」

そして、奥さん、夜分にどうも、そういうわけで、自転車こいで、こいで、二里の夜道はきつかったんや、お水一杯ご馳走して下さいよ、と母に云った。

母のきく乃は、そりゃあ、まあ、鶴田さんにまでご心配願うて、おまけに訪ねて下さってと、水甕《みずがめ》の水をコップに注いで差し出しながら、汲み置きで冷とうはないですけど、どうぞ、まあ、と云った。

「やがて、十二時やが、今夜はあんたと飲みたい。話もしたい。いや、一緒にいたいんや。よろしいやろ」

鶴田は、コップの水を美味そうに飲むと、そう云った。日本がどないなるかわからんようになった日の夜や、そのくらい、日々と予定が狂うても構いませんやろ、なあ、深沢さん、特別の夜やないですか、飲みまひょう、とも云った。

「確かに特別の日や。どうしていいかわからん夜や。酒でも飲みたい。しかし、飲みまひょう云うても、うちには、お神酒も無い。生ぬるい水甕の水ぐらいしかないぞ」

父が云うと、鶴田新八は、手ぶらで来て、酒飲ませろみたいなこと云いますかいな、ちょっと待って、ちょっと待ってと、自転車の荷台に括り付けた酒屋が運搬用に使う竹折りの四角い籠を、重そうに運んで来た。

「途中で、不埒者にこいつを奪われるんじゃないかと、心配でなあ。襲われてもしょうがないほどの宝の山や。まあ、まあ、見てちょうだい」

見ると、二尺に三尺、高さも二尺ほどの竹籠の中味は、まさに、宝の山と呼んでも大仰でないほどの品々で、酒もあれば缶詰もある、ここ二年三年、ついぞ見たこともないような品物ばかりであった。

「深沢さん、特別の日やからな。それは何や、どこで手に入れた、巡査が持てるようなもんやないやろとか、そんな話は一切無しにしまひょうな。これは酒、これは缶詰、それ以上でも、それ以下でもない。酒に時節柄の弁解やら、缶詰に今どきの云い繕いがある方がおかしいと思いまひょ。そうでっしゃろ。それに、何せ、天皇陛下のお声まで聞いてしまった特別の一日や。鶴田新八に、これに関して何ぞ云いたいことがあったら、明日聞きまひょ。けど、今夜は黙って、飲んで、食べるんでっせ」

鶴田巡査は、父の武吉の云いたいことを先読みして封じると、母のきく乃に、奥さん、健太君や登喜ちゃんに、眠いやろけど起して食べさしてやって、鮭缶もあれば桃缶もある、明日からは、旦那さんの云う通りの清貧で、飢えて暮してよろしいが、八月十五日、今夜は食べさしてやって下さい、と云った。

私は、眠っていなかった。

闇の中で、父の詠んだ俳句の「この子らの　案内頼むぞ　夏蛍」というのを反復していた。そのうちに、鶴田新八巡査の声が聞こえ、正直、父が断わらなければいいがと思っていた。間もなく、私らにも食べさせるようにという声がしたので、尚更、その願いは強くなった。

ガラリと襖が開けられ、父が顔を出して、

「健太、登喜、起きろ。美味い物がある」

それは、無愛想だが、実に愛情に満ちた声として、私に響いた。

23

その夜、鶴田新八は、さかんに深沢武吉の行く末を心配していた。

あんたの真面目さも、律義さも、頑固さも、高潔さも、全て今日以後、生きて行く上での手枷足枷になってしまうだろうと、云うのである。ましてや、巡査をつづけて行くとするなら尚更で、あんたが信条を変えん限り、奥さんも、お子たちも、飢えて干乾しになりまっせ、とも云った。

父は、黙って飲んでいた。しかし、それに対しては、わしも家長じゃ、女房や子供を飢えさせるようなことはせん、また、うちの子供たちは、飢えたからといって、ピイピイ泣くような子じゃない、と無茶を云った。

「なあ、深沢さん。先輩のあんたにこんなことを云うのは生意気な話やが、日本という国がご破算でになってしもうたんや。辛い、悲しい、切ない、恐しい。しかし、もしかしたら、悪いことばかりやないかもしれへん。今までどうにもならんと思うてたことが、これによって出来るようになることもあるかもしれん。要するに、ええも悪いも全てご破算や。深沢さん、どやろ、あんたもこのさい、今までの窮屈な信条やら、腹の足しにもならん美意識捨てて、思いきって、ご破算でとばかり、生れ変わってみたら」

「わしはわしや。戦争があろうとなかろうと、わしの生き方はこれや。わしは、国や軍のお先棒を担いで威張っていたわけやない。わしは、自分が見苦しいと思うことを、自分に許さなかっただけのことで、これは、世の中の風の吹きようとは全く関係がない。国は滅びても、わしの心が滅びたわけやないから、このまま生きる」

「世の中の風も大事でっせ、深沢さん。茄子や南瓜は夏になる、稲は秋に実り、大根は冬に味がいい、筍《たけのこ》は春の一刻食べられる。しかし、茄子や南瓜は冬に生きる責任はない。短い季節に茄子らしく南瓜らしくあればいい。けど、人間は、春も夏も秋も冬も生きなきゃならん。風の吹きよも、季節の移ろいも、無関係やない。なあ、深沢さん、あんた、茄子のまま冬も花を咲かせ、実をならす云うてるようなもんでっせ。冬には冬の生き方をして、どこが恥ずかしいですか。このさいや、気楽になんなはれ。敗戦の最大の贈り物は、この気楽でっせ」

と、鶴田新八は云った。それから、今日以後、あんたがしなきゃならんことは、いや、守らにゃならんことは、法と秩序や、ましてや、国の面目てなもんやなしに、ここにいるこの人たちでっせ、奥さんや健太君や登喜ちゃんや、やがて帰って来るやろ、隆志君や千恵ちゃんを飢えさせせんことや、そのために、あんた、ちっとは汚れにゃならんと云い、しかし、真面目な話しぶりに照れたのか、まあ、それはそれ、飲んだ、飲んだ、今夜は飲みまひょ、と酒をすすめた。

父の武吉は、盃を口につけ、汚れるとはどの程度のことかと悩み、しかし、汚れに程度はないな、わしには出来んぞ、と酒を飲み干した。

柱時計が十二時を打った。少しゼンマイが弛んでいるのか、間延びした引き摺るような音だった。父も鶴田巡査も、飲む手を休め時計を睨んだ。それは、戦争に敗れて、早や一日が過ぎたと思っているようだった。

「飢えさせはせん。けど、わしも汚れはせんぞ」

父が、思い出したように呻いた。時計が、十二回打ち終わった直後だった。

私たちは、黙々と缶詰を食べていた。餓鬼のように、もういくつも空にしていた。真夜中を過ぎたというのに、私も一歳の登喜も目は冴えわたっていた。

父と鶴田巡査の深刻な話が時々気になったが、桃の缶詰の蜜の甘さに、ほとんど心を奪われていた。

それは、記憶にある限りに於て、私が最初に経験した甘味である。

母のきく乃も、こんな美味しい物は何年ぶりやろと、目を細めてお相伴していたが、ふと気がついたように、そう云えば空襲警報鳴りませんなあ、と天井を見上げたりした。

「やっぱり、ほんまに負けたいうことですなあ」

母は云った。こういうことで終戦を実感出来るらしい。

「缶詰の空缶、ゴミ捨て場に捨てん方がよろしいな。巡査が美味い物を食って悪い理屈はないけど、たぶん、これから、それが理屈になって来ますやろ」

鶴田新八はそう云うと、巡査てなもん、威張りも出来ん、恐れられもせん、ましてや、旦那さんでものうなる、ただただ窮屈なだけのつまらん商売になって来ますぜ、と声を潰して笑った。

「商売てなこと云うな。巡査が商売か」

父の武吉に、このての冗談は通じない。いや、冗談ではないが、好んで冒瀆的にしゃべる軽口ではある。終戦の日の、崖っ淵に立ったような気分の中で、父がこのような云い方を許す筈もなく、あんたには商売だろうが、わしは違うと怒っていたが、鶴田巡査は、商売やと思いなはれ、と軽くいなしていた。

だからといって、二人が険悪な雰囲気で酒を飲んでいたわけではなかった。濡れ縁近くで胡座をかいて、八月の夜の風を汗ばんだ肌に受けながら、時に、虫の音に耳を澄ませているのだから、仲の良い旧友が酒酌み交すとも見えた。

話題も、深沢武吉の行く末を案じるといった深刻なことばかりでもない。おたがいの故郷が、宮崎県と大分県という九州の隣県同士ということで、そんな話もしていた。

しかし、そうは云っても、長い長い戦争に敗れたその日であった。どうしても、日本はどうなるのか、当然のことに、巡査はどういう扱いを受けるのか、まさか、戦犯てなことはあるまいけど、などという話まで混っていた。

「いずれにしろ、わしは逃げん」

父が云うと、鶴田巡査は笑いながら、そんな弁慶みたいな顔しなさんな、あんたの立派なことはみんな知っとる、けど、私はなあと顔を曇らせた。

「逃げるのか」

「いやいや、そうやない。逃げたりはせんが、私にはこう見える。世の中混乱する。ゴチャゴチャになる。天と地が逆になり、右と左が入れ替わる。考えようによっては、面白い時代になる。けど、巡査やってたら、この面白さの外にいることになるんやないか。考えようによっては、巡査だけが面白うない時代やないかと思うと、さてと、このままでどうかいな、損やないかなと、正直なところ思うてる」

「あんたは大したもんや。天皇陛下の玉音放送からたったの十二時間。その間に、あれこれ面倒で忙しいこともあったろうに、ちゃんと世の中見据えて、おのれの損得、生きがいまで考えとる。つまり、こういう違いや。あんたは、今日風が吹き始めたと思い、わしは、とにかく風が止んでしもうた、帆があっても舟は動かん。手で漕ぐか、板で漕ぐか、それとも、舟を捨てて泳ぐべきか。せいぜい、そこまでの考えにしか至らん」

父の武吉は、鶴田新八の処世の勘に、皮肉や怒りでもなく、本当に感心したようであった。何となあ、同じ巡査でもこうも違うかのうと頭を振っていたが、突然思い出したように、

「鶴田巡査、この特別な日の夜に、駐在所を留守にしておいて大丈夫か。奥さん一人で、何かあったらどうする」

と云った。

「何かあるて？」

「そりゃあ、人間のこっちゃ、どういう考えを持つ奴がおるやもしれんやろ。わしらのことを、それこそ戦犯やと囃し立てる奴もおるかもしれんいうことや」

「何もないやろ。何もない」

「何もないならええ。人の気持はわからんからのう。理不尽なことが、理不尽に思え

ん瞬間もあるやろ。筋が通る話になるのは、二、三年かかるかもしれん。今日は初日や。危いといえば危い。あんた、やっぱり帰れ」

「巡査やなあ、あんた」

「巡査や、わしは」

「だから、気になったんや。酒飲んで、飯食ってたら、あんたが腹切る姿が目に浮かんで来た。思い過しやと自分を宥めたが、気になって、気になって、それで、女房にこうこういうわけで、深沢さんが心配や、ちょっと様子を見て来るわと云って、走って来たというわけや。けど、まあ、よかった」

「どっちが見苦しいかの問題でな」

「それで、生きるんやな」

「ああ、一人できれいごとも出来んし、第一、そんなタマでもない。ただの田舎巡査や」

「安心したなあ。これで安心や」

「鶴田さん。心配してくれたことは感謝する。けど、鶴田巡査、わしは、あんたの考え方は好きやない」

「まあまあ、それはまたのことや」

鶴田新八は、それから間もなく、自転車を走らせて帰って行ったが、帰り間ぎわに、あんた、越中ふんどしか？　それとも、猿股か？　と妙なことを訊ねた。

「何のこっちゃ。わしは猿股や。軍隊の経験がないからな」

と、父が答えると、鶴田新八は嬉しそうに笑い、深沢さん、そんならだいぶ楽や、これからの世の中猿股の時代やが、この切替が苦労なんや、最初から猿股なら楽も楽、あんた、ちゃんと生きられまっせ、と笑ったのである。

その奇妙な会話は、まるで鶴田新八巡査の遺言のようにさえ聞こえ、何のつもりやろと、父は渋い顔をしていた。

翌朝、父の深沢武吉は、一時間以上早く起きて、巡羅の前に鶴田巡査の駐在所へ行って来ると云って、出掛けて行った。何か気がかりなことがあるようで、母のきく乃が、どないしました？　と訊ねても、いや、わからん、妙な胸騒ぎがすると答えただけで、それが、どの種類の胸騒ぎかは云わなかった。

巡羅の前というと九時だが、その時間には帰って来ず、父が戻って来たのは、午後になってからであった。父は、ひどく疲れた顔をしていた。

「鶴田新八が逃げた。駐在所はきちんと片づいて、空っぽや。奥さんもおらん。ということは、昨夜ここへやって来たのも、考えを決めてから、別れを云いに来たということやな。何が猿股の時代じゃ。えらそうに人に説教しておいて、巡査が逃げるとは」

父は不機嫌だった。職業意識からいっても、男の美意識に於ても、父には信じられない鶴田巡査の行動に違いない。

「どういうことですか?」

母のきく乃が心配げに訊ねた。

「身に危険を感じたんやろ。天と地が逆になり、右と左が入れ替わると自分でも云うていたから、天で無茶した奴が地に降りたらどうなるかと、考えたんやないか」

「あの人、そんなに無茶な巡査さんでしたか? 面白い人でしたけど」

「威張るために巡査になった奴だからな。恨みも買ってたやろ。駐在所のガラスがほとんど割られてた」

「まあ」

母のきく乃は息を呑み、身震いした。そして、まさか、お父さん、うちがそんな目に遭いませんやろね、と恐がったが、父の武吉は、毅然としてたのと威張ってたのとは違う、真面目に働いたのと権力を振り翳したのとは違う、何もない、あるわけがないと云った。

その言葉は母を安心させたが、果して、父がそのように確信していたかどうかはわからない。胸は張っていたが、その胸が不安で波打っていたとしても、不思議はない。

とにかく、鶴田新八巡査は、終戦の日の夜、厳密には翌日の早暁だが、責任と友情を未決のまま消えてしまったのである。深沢武吉に云わせると、風上に置けない男であった。

私が思うに、鶴田新八という巡査の、その日から戦後にかけての生き方を重ねて父の武吉を見ると、強さとしたたかさの違いとか、美しい行為と見苦しい振舞いの本当の差とか、あるいは、節操と無節操のどっちが勇気ある選択であるかなど、いろんなことが見えて来る。

子供の私には、単なる対照の妙としか見えていなかったが、今になると、まるで一人の男の虚と実のようにさえ思える。

そういう意味でも、鶴田新八は深沢武吉にとって、かけがえのない友人であったと、思っているのである。

24

その次に、鶴田新八が私たちの前に現われたのは、兄の隆志の戦死の公報が入り、ささやかな葬式を出してから数カ月が過ぎてからのことで、昭和二十一年になっていた筈である。

鶴田元巡査は、自分の意志で深沢家を訪れたわけではなかった。父の武吉が探し出し、連れて来た。

理由は後述ということになるが、この時の父の懸命さ熱心さは、異常と思えるほどであった。これなら、如何なる難事件も解決に持ち込めるに違いないと、私たちは笑った。

もちろん、面と対《むか》って笑うわけには行かないが、えらい熱心やなあ、どないしたんやろ、名探偵みたいやなぐらいのことは、ヒソヒソと話し合っていた。

終戦の夜、逐電してしまった元巡査の行方を探すのは、なかなか大変であった。大仰に云うと、生命の危険を感じて姿を晦《くら》ましたわけであるから、当然のことに追跡の道を断っている。それほど計画的ではないにしても、完全に連絡を断つぐらいの用心はしている。

結構親しくしていたと思える人を探し出して訊ねても、わかりまへんなあ、あれっきりですなあ、それに、うちら、親しいというても、あの人の方が勝手に押しかけて来ていただけのことで、いんようになったら、それまでの人ですよってなあ、とつれない答だけが返って来ていたようであった。

それに、鶴田新八は、父の武吉と同様に他県の出身で、女房も淡路島の人間ではなかったため、縁つづきと呼ばれる人たちがいなかった。

本人たちが、自分の意志で消えてしまうと、それこそ、それまでの存在まで疑われるほど、まさに、煙の如くかき消えてしまうのである。それが根無し草ということなのであろうか。

それでも、父は、閑を見つけると手紙を書いていた。ちょっとでも交際や因縁があったと思える人のところには、鶴田新八の現在を訊ねる問い合せ状を出したが、いずれも返事は冷ややかなものであった。

武吉は、警察に残された書類から、彼の本籍地を探し出して来て、そこの戸主宛に同様の手紙を出したが、半月も過ぎてから、鶴田新八の兄と称する壮六という人の名前で、何かを誤解したような返事が届いた。

要するに、新八は確かに私どもの弟ではあるが、若い時から家を出ており、二十年近くも音信がない、従って、如何なる事情での問い合せか知らないが、新八の不都合に対しての責任は一切負いかねる、申し訳ないがご理解願いたい、というものであった。

これには、父の武吉は、衝撃を受けたようで、あの男、どんなつもりで故郷を出たのか、と暗い顔をした。

そして、母のきく乃に対して、

「もしも、わしに関して何かの問い合せが行ったら、宮崎の兄貴、やっぱり、このような、災厄を恐れるような返事を出すやろうか」

と、しみじみとした口調で云った。

母のきく乃は、そんなことはありません、お父さんと鶴田さん、一緒に考えられますか、それに宮崎の義兄さんかて、薄情な人やありませんよ、とあれこれ慰めていたが、父が思う屈託とは少し違うように思えた。

年が変わり、正月の松も明けた頃になって、鶴田新八から、年賀状とも近況報告ともつかぬハガキが届き、それがきっかけで、父はまた、鶴田元巡査を探し始めた。

ハガキの内容は、これといったことは書かれていなかった。ご無沙汰を詫び、いろいろあって居所を知らせることも出来ず申し訳ないと云い、それから、最後の方で、今は食うだけの生活をしているが、そろそろ一山当てる気でいると気勢を挙げて結んでいた。

また、追伸の形で、隆志君、千恵ちゃん、そろって無事ご帰還のことと思いますと書いてあって、これが武吉の胸を抉った。

「何が、思いますじゃ」

父は、兄の隆志の戦死のことに思いを馳せ、迂闊な追伸に腹を立てていた。こういう奴ちゃ、とも云った。

鶴田新八のハガキには、まだ行方を辿られたくないのか、住所が書いてなかった。しかし、消印が明石なのを見て、どこか遠くへ逃げているかと思ったら、横着者め、目と鼻の先の明石におるとはな、しかし、明石なら何とか探せると、父は張切った。

父の武吉は、どうしても鶴田新八を必要としていて、また、明石近辺の知人に対して手紙を書いていたが、返事はどれも思わしくなかった。

ついには、しようがない、自分で行って探して来るかということになったが、駐在所巡査が三日の休暇の許可を得るのに、二カ月もかかった。

「明石いうたかて、都会ですよ。それに、こんなゴチャゴチャした時代に、他所から来た人間を一人探すいうたかて、無茶と違いますか。そのうち、あの人の方から来てくれはると思いますけど。それからにしましょう」

と、母のきく乃は、父の武吉の異常な熱意を危ぶみながら、やんわりと思いとどまらせようとしたが、

「大丈夫や。きっと見つかる。今ならまだ見つかる可能性はある。このハガキのここが手掛りや。ええか。今は食うだけの生活をしている、というところや。しかし、そろそろ一山当てる気でいると書いてあるのが気になる。一山当てるということは、おそらく、闇屋をやるということやろ。闇屋になって儲けてしもうたら、もうわからん。探しようがない。ぎりぎりやな。もうなってるかもしれんが、まだやという方に賭ける」

父の武吉は、鶴田元巡査のハガキの文面を指し示しながら、結構自信ありげに説明していた。意外に得意気であった。

「どういうことですの?」

「今は食うだけの生活をしているということはやな、地道に、自分の出来ることの範囲で暮していることや。つまり、あいつは、自分の特技でとりあえず生きている。鶴田新八は、若い時からの巡査やない。あれこれやった末に、いわゆる徴用逃れに巡査になった男や。そのあれこれやった中に、あいつの自慢するものがあって、それが鍼灸や」

「鍼と灸も？　器用な人ですなあ」

母のきく乃は、鍼をうち灸をすえる巡査というものが想像出来なくて、驚いた声を出した。彼女は、巡査とは、程度の差こそあれ、夫の武吉のように武骨で頑迷で、しかし、正直で真面目なものだと思っていたのである。

「そういうことやから、きっと、明石のどこかの鍼灸院か治療所で働いているか、小さい看板を出して自分でやっているか、いずれその辺りにいる筈や。間違いない」

それは、父の推理であった。そして、その推理が適中して、休暇の三日目、父の深沢武吉は、鶴田新八を連れて戻って来たのである。

どうやら、鶴田新八は、まだ一山当てる以前であったと見えて、それほど羽振よくも思えなかった。しかし、尾羽打ち枯らしたとも見えず、疲れ果てた逃亡者という感じでもなかった。

相変わらず狡猾そうな風貌で、正義の代行などとても委せられない雰囲気をしていたが、権力と手を切り、巡査でなくなったことによって、それはそれ、悪く云われる筋合のものでもない。

要するに、敵前逃亡のような形で巡査を辞めてしまったことも、それが八月十五日の夜であったことも、鶴田新八には、精神に刺さるものとしては残っていないということである。都合が生じて、それに従ったまでのことで、そのことが生きざまに関わったりすることは、決してないということである。

ただ、彼にとって、恥じるものは何一つないが、恐れるものは厳然としてあるわけで、父に連れられてやって来た時も、中折帽を真深にかぶり、黒眼鏡をかけ、やがて春だというのに毛糸のマフラーで鼻から下を隠して、完全に人目を忍ぶ姿であった。

「どんな思い違いで、逆恨みをしている奴がおるやもしれん。用心、用心、ご用心や。もっとも、あと半年もしたら、堂々と顔見せて歩いても、ここに住みついても、そりゃあ大丈夫になるんやが、まだ、ちょっと早い。まだ、ちょっと危ない」

と、鶴田新八は云った。

しかし、彼は、強引な手段で予定外の時期に淡路島へ連れて来られて、当惑していたが、私たち家族との再会は喜んでいた。

「隆志君、残念なことしましたな。十九でしたか、二十歳でしたか、いずれにせよ、もったいない」

と線香を上げ、てっきり賑やかになっていることやと思い、追伸にも書きましたのに、と合掌した手の甲の側に、驚くほど大量の涙を流した。

その夜は、酒になった。大した物ではないが、その頃の深沢家としてはこれ以上はないという、ご馳走を出した。

父の武吉が云うには、決して歓迎の宴ではない、終戦の日の夜、あんたのような卑怯者の酒を飲んだことが、気になって、気になって、一日でも早う返したいと思っていたということだが、まんざら、それだけでもない。

結構楽しげに、盃は返され、注ぎ合い、この卑怯者とか、この融通きかずとか、大声を出していた。

そのうち、一区切ついたところで、父の武吉は、正座して、しかも、きちんと膝をそろえ、肘を張った手を腿に置き、

「ちらっとは話したが、あらためてお願いする。あんたの名前しか浮かばんかった。他の方法もない。隆志の肖像を描いてやってくれ。海軍一等兵曹の晴れ姿を、あんたの腕で描いてやってほしいんや」

と、深々と頭を下げた。

私たちは、その時、父の武吉がなぜ鶴田新八を探しまわっていたのか、初めてその理由を知ったのである。

鶴田新八は、鍼灸とともに、写真のように仕上げる肖像画も名手であった。

25

兄の隆志の戦死の公報は、終戦の日から約一カ月が過ぎ、異常なほどに赤とんぼが群れ飛ぶ秋になって届いたが、戦死したのは七月九日であった。

あと一カ月、何らかの運があれば生き延びられ、二十歳の青年として、平和かどうかはともかく戦争のない時代に、自身の生き方を選択出来たのにと思ってみても、それはどうにもならない。

運というもの、時間の数量とは関係なく、あと一カ月というと惜しまれるが、終戦の前日に戦死した人もいれば、既に終わったあとに死んだ人もいる。

運命という絶対のものには抗い難いが、運という云い方をするなら呪ってみたくもなる。何とかならなかったものかと、考えてみても無理はない。

日本が長い長い戦争に敗れて、深沢武吉は、自分が踏みしめていた大地が大きく揺らいだような、あるいは、喪失して初めて大地の存在に気がついたような、そのような拠り所のない気分でいたが、巡査としてはともかく、少なくとも父としては、ささやかな希望として、家族がそろうことを楽しみにしていたのである。

あからさまに、態度や言葉に表わすということはなかったが、そうであることはわかった。家族そろって、どのような戦後を送って行くつもりであったのか、まだ小さい私や登喜は別として、二十歳の隆志や十七歳の千恵に、どんな道を歩ませる気でいたのか不明であるが、とにかく、父の武吉の心の支えに、隆志や千恵の帰還があったことは否めない。

「日本は悲しいことになってしもうたけど、でも、私ら、隆志や千恵が帰って来てくれるんやし、幸福者ですわなあ。ほんまにそう思いますわ」

と、母のきく乃が何度も云うことに対し、父の武吉は、決して、そうや、そうや、その通りやとは云わなかったが、瞬間、和らいだ表情をすることがよくあった。

しかし、夫婦でそのような話をし、希望めいたものを思い描いている時点で既に、兄の隆志は戦死していた。

戦死公報が届いた何日かあとに、西日本を猛烈な台風が襲った。あとになって、それは、枕崎台風と呼ばれたものであることを知る。死者・行方不明が三千八百名という大被害を与えたが、淡路島では、そこまでの悲惨さではなかった。

ただ、台風が過ぎたあと、稲田が死の海のようになったのを、私は覚えている。やっと実の入りかけた稲穂が、強風によって中味を抉られ、白く枯れるのである。

青々とした水田が一夜にして真白になってしまう恐しさは、人間が恐怖のあまり瞬時にして白髪になってしまうような、おぞましさがあった。

一面の死穂の海も恐怖であったが、それよりもまだ、くっきりと台風の道がわかるようなところがあって、おぞましさという感覚的なものより、もっと力学的な脅威を見せつけられて、怯んだ。

それは山蔭の部分で、いくらか風勢を弱めたところは青々とした穂であったが、そこを外れて風の道になったところは、巨獣が舐めたように白くなり、台風がどの方向から、どちらへ向って走ったのかわかるのである。

私は、何か、計り知れない力の存在のようなものを見て、白い田圃を前にして震えた。そして、日本が敗れたのも、兄の隆志が戦死したのも、こういう力の支配によったものではないかと、子供心であるからそれほど明解ではないが、思った筈である。

それから間もなくして、兄の遺骨が届き、本当にささやかな葬式を出した。まるで、旅先での形ばかりの葬儀のような感じであった。父は、近所の人たちにも、警察関係の人間にも声をかけずに、わしらだけでええやろ、と云った。

そして、どうせ墓は宮崎にあるのだし、近いうちにそろって納骨に帰ろう、その方がええ、その時親戚寄り集まって送ってやろう、今日は仮や、ここでやることはみんな仮や、とどこか弁解じみたことを呟きつづけた。

寺は、彼岸花に埋っていた。寺への道、寺を取り囲む用水路の岸に炎のように咲き誇っていた。

私は八歳、確かにその風景に眉をひそめた。というのは、私たちは、その毒々しい緋色の花を、葬礼花《そうれいばな》と呼んで、不吉なものとしていたからである。

どういう云い伝えか、あの花の根には、骸骨が埋っていると、信じ込んでいる子が多かった。そう云われてみると、色彩といい、形状といい、そのように思わせる気色があった。戦争状態が深まり、戦死者の葬列があちこちで見られる時、なぜか前景として、風にそよぐ彼岸花が思い浮かぶ。葬列は秋と限らないのに、印象としては、この絵である。

土の中に埋った誰のものとも知れぬ骸骨の、おそらく空洞と化した眼のあたりから、ふてぶてしいまでに強靭な茎が伸び、名工の手細工のような赤い花が咲くことを考えると、身震いするほど恐く、また、不吉なことの前兆のようにも思えた。

その上、あろうことか、去年の秋には食糧にするからと、その球根を掘ることを先生から命じられ、私たちはパニックになったものである。

その彼岸花が、寺の本堂からの遠景として見られ、さらに、その奥は生命のない白さの死穂の田であった。

僧侶の経も短かった。それに下手だった。どう考えても滑稽に響き、私は何度も笑いそうになった。

それにしても、不思議なことに、私たち家族は泣かなかった。父の武吉は毅然として、まるで重量のある彫像のように動かなかった。咳ばらいも、鼻を啜ることもしない。心臓さえ動きを停めているかのように見えた。

母のきく乃は、からだの支えを失ったように、今にも小さく折りたため そうに傳げであったが、大泣きすることはなく、静かな表情をしている。感情を刺激する機能が低下していたのかもしれない。

学徒動員で尼崎の軍需工場へ駆り出されていた姉の千恵も、その時は帰って来ていたが、特別に悲しげなふりを見せるでもなく、足の疲れにからだをモソモソと動かしつづけている。私もそうで、どこか呆然として、時々笑いそうになる始末である。妹の登喜に至っては、広い本堂に興奮してか、走りまわっていた。

父の武吉が云った、今日は仮や、ここでやることはみんな仮やという言葉が、そうさせたのかもしれない。仮と嘘が同義語になり、私たち家族は、兄の隆志の死を、どこか厳粛に受けとめていなかったのかもしれないと、今になると思うのである。それくらい、悲壮感に欠けたものだった。

遺骨を寺に預ける段になって、僧侶は、見ますか？　と云った。父も母も、そして、私たちの誰もが、見ますか？　の意味がわからなかった。

「いや、遺骨や云われても、ほんまのところ、何が入っとるかわかりゃせん。ちゃんと焼いた骨が入ってることの方が稀で、髪の毛か爪か、それならまだええ。大方は、身のまわりの品、つまり、歯ブラシとか万年筆とか、そういうものやな。そんなことが多いんや。どないします？　見てみますか？」

その時、私たちは、云い合せたように父の顔を見た。父は何て答えるだろうかと、息を呑んだ。

「結構。それには、間違いなく隆志の骨が入っていますやろ」

父の武吉がそう答えると、僧侶は、そうや、そうや、そうに違いない、ほなら、しばらくですやろが、しっかりとお守りさせて貰いますと、遺骨を抱え上げた。

私たちは黙って、彼岸花の道を帰った。妹の登喜が、何やらメロディのはっきりしない歌らしいものを歌っていたが、誰も咎めなかった。

ただ、駐在所がもうすぐというところで、父の武吉は、中国で死なずに、豊後水道で死ぬとはな、と呟いた。母のきく乃は、ほんまにと云った。

泣かないからといって、深沢武吉の一家が、悲しみに鈍感であったり、家族の愛に酷薄であるということでは決してなかった。

母のきく乃には、その後、徐々に息子を失った悲しみが襲って来るようで、何でもない時によく泣いた。

そして、ある日、ええい、もう我慢出来ませんと云うように、ややヒステリックになったと思うと、押し入れの奥深くに隠して置いた風呂敷包みを出して来て、父の武吉の前にひろげた。

「何や？」

「隆志の遺品です。出征の前の前の晩ですやろか、お父さんに絶対見つからんように預っといてくれと、云われたもんです」

「だから、何やと訊いとるんや」

「何やて、ご覧の通りの物です」

風呂敷包みの中味は、表が高峰三枝子の「湖畔の宿」、裏が伊藤久男の「高原の旅愁」というレコードと、セーラー服にモンペ姿の女学生と並んで撮った写真が、二枚入っていた。写真には何の書き込みもない、どういう人やろね、と母が呟いた。

「友だちの預り物や。隆志のもんじゃない。写真も何かのついでに撮ったものやろ。名前も書いてない」

父は、視線を外し、どうでもええもん、大事そうにしおって、と云った。

「お父さんは、どう思うてたか知りませんが、これが、隆志のいちばん大切なものだったんです。そう思うと、不憫で、泣けて、泣けて」

それから、母のきく乃は、もうよろしいやろ、素直に泣いてもよろしいやろ、お父さんの顔を立てて、泣かんように、泣かんようにしてましたけど、今日からは、思い出して悲しかったり、切なかったりしたら、遠慮なく泣かせて貰いますと、何年分もの涙を流すように泣いたのである。

「わしの顔を立てて泣かんかったと云うんか？　わしは、じゃあ、誰の顔を立てて泣かずにいると思うとる？」

「それは、恥でっしゃろ」

「恥？」

「お父さんにとって、泣くのは恥ですから。ねえ、泣きましょう。巡査やのうて、父親として、泣きましょう。誰がそれ見て笑うものですか」

そう云われても、父の武吉は泣かなかった。「湖畔の宿」をどうせえと云う、わしに歌えとお前は思うとるんか、と苦笑した。

しかし、その頃から、父は神のお告げを受けたような熱心さで、鶴田新八元巡査を探し始めた。

また父は、兄の隆志の遺影がないことを嘆くようになった。

隆志は、二等兵の時、一等兵になった時と、それぞれ写真館で撮影した写真を送って来ていたが、待望の下士官、海軍一等兵曹に昇格したことは手紙では知らせて来たものの、写真はなかった。呑気に写真館で撮影するといった状況では、なくなって来たのであろう。中国へ派遣されていたから、場所的条件もあったかもしれない。とにかく、我が家にある兄の写真は、全て水兵であった。父は、下士官の写真を欲しがった。遺影にするなら凜凜しい下士官の制服姿のものにするべきだと云い張ったが、無いものは仕方がない。

座敷の片隅に作られた小さな仏壇には、まだ十七、八歳と見える水兵姿の隆志の写真が飾られている。

下士官姿の隆志の写真を飾りたいというのは、父の執念であった。厳格につきあった父と子の結末は、どうしてもそうしないと、武吉の中で解決しない何かがあったように思える。

父から聞いたことはないが、志願兵として無理無理戦場へ送り出したことの後悔は、きっとあった筈なのである。

ところで、父の写真に対する思いと、鶴田新八を探す執念が同じものであったことは、父が鶴田元巡査を連れて帰って来て、初めてわかったのである。

鶴田新八は、肖像画の名手であった。小さい写真を拡大器でなぞりながら、大きく描く手法である。微妙な手先をしていると見えて、記念写真程度の小さな顔の陰影を、細いリードでなぞって行くと、一方のペンが拡大して描く。顔はそうしておいて、帽子や衣服はまた別の写真を組み合せて行くのである。

武吉はその特技を思い出し、ほとんど拉致の状態で連れて来ると、鶴田新八に、一週間で兄の隆志を描かせた。

写真と見紛うばかりの、見事な海軍一等兵曹深沢隆志の肖像が出来上り、それは、今も、私の家の仏壇にある。

26

兄の隆志の肖像画は額に入れられて、仏壇にあったり、仏間の壁に飾られたり、ある時期はお寺に預けられたりしていたこともあったのだが、さして変色もしていない。

大抵の人は写真だと信じて疑わないから、絵としての感想を述べることはない。その人たちにとってはどうでもいいことなのだが、ついつい私は、これ絵ですよ、写真じゃないですよ、と云ってしまうのである。そうすると、云われた人のほとんどは、ほうと感嘆の声を挙げる。

元巡査鶴田新八が描いた、海軍一等兵曹深沢隆志の肖像は、そのくらい見事な出来なのである。

ただし、私は、鶴田新八の技を称えて、これ絵ですよ、と云っているわけではなかった。当然のことだが、兄を想い、この絵を強引に描かせた父のことを想っていた。
十七、八歳の水兵時代の写真を基本にした兄の顔は、海軍一等兵曹の制服を着せられていても、どこか子供っぽく、軍人と思えないやさしい顔をしていた。
本物の軍人の肖像というより、映画の中で役柄を演じている俳優にさえ見える。中高の細っそりとした顔立ちで、一重瞼の切れ長の目は、臆病そうな感じさえ受ける。

大体、そういうタイプの子供であった。よく泣く子の印象は父や母から語られたもので、私が実際に知るものではなかったが、軍人には似合わない少年であったことは確かである。

しかし、海軍に入ってからの兄は、優秀であったという話である。手紙で自身がそう書いたこともあるし、面会に行った父が、上官から聞かされたこともあった。よく泣く子から、優秀な軍人までの間の部分が、私にはわからない。

今、兄の遺影となったその肖像画を、日課のように見つめるということはまずないのだが、時折、対面して、このやさしさには切ないものがあると、感じるのである。

出征の前夜、兄は、まだ五歳程度であった私に対して、お前が、もうちょっと大きかったらなあと、本当に無念そうに云った。それだけは、はっきりと覚えている。

それから、おそらく同じ時期に母のきく乃に預けた「湖畔の宿」「高原の旅愁」のレコードと、女学生と二人で撮った二枚の写真、この遺品が、もうちょっと大きかったら話せるのになあと思ったことと、同じ理由によるものだろうか。

これがドラマか何かであるなら、必ずその女学生が訪ねて来て、それらの謎を解き明かすことになるのであろうが、実際には、何事も起らなかった。どこの誰ともわからないし、レコードの意味も読めないままである。

それやこれや思っていると、私は兄の隆志の肖像に、不思議な感慨を持つのである。大したことではない。ふと思う、という程度のことである。

兄の顔に、全く別人の制服・制帽姿をモンタージュさせたわけであるから、私たちは、制服・制帽の方を着せ換えの衣裳のように考えていた。

しかし、逆の考え方をすると、一人の軍人の顔を消して、そこに兄の隆志の顔を当て嵌めたとも云えるわけで、そうなると、相当に意味合いが違って来る。

どうでもいいことだが、消された形になった海軍一等兵曹は、どんな顔をしていた人であったのだろうか。

おそらく、兄の隆志のようにやさしげな顔ではなく、剛毅を漂わせた軍人であったに違いないのである。

私は、そう思うと、妙な気になる。兄の顔を見上げているが、額から上と、首から下は別の人間だと思ってしまうと、何とも落着きの悪い気分になるのである。

しかし、鶴田新八元巡査の手によって、この肖像画が出来上った時、父の武吉は大満足をし、めったに見せない涙さえ浮かべたのである。

父には、顔とからだが別人の合体であることが不自然ではなく、むしろ、そうなることによって、息子の隆志に対する思いの一部が、解決したという気持であったのだろう。子供の私から見ても、ひどく安堵している様子が窺われ、また、上機嫌でもあった。

昭和二十一年の春先、鶴田新八が肖像画を描いていた一週間は、私にとって、心楽しい日々であった。

肖像画を必要とする父の武吉の気持などは、何十年もあとになって理解出来たことで、その時は、絵が出来上って行く過程や、その技を見ていることが楽しかった。私は、その頃から、カラクリめいたものが好きだったのである。

駐在所の四部屋のうち、いちばん陽当りのいい六畳間が鶴田新八にあてがわれ、彼はそこで、日のある間作業をしていた。興味のあった私は、学校から帰って来ると、その六畳間に居つづけて、魔法のように仕上って行く肖像画を、見つめつづけていたのである。

「面白いか？」

鶴田新八は、ある時、仕事の手を休めると、私に対してそう訊ね、私が、うん、うんと強く首を振って答えると、

「巡査の子はなあ、健太、巡査の子が悪いわけやないが、一つだけ、巡査の子らしうないなあと思われるものを持ってた方がええぞ。まだ、はっきりとわからんやろけど、それはやなあ、さすがに巡査の子やと云われるより、もっと値打のあることになる。ええか、よう覚えておくんやで。らしうないものを一つ。一つでええ」

そんなことを云い、そうでないと、この兄ちゃんみたいに淋しい顔をして死ぬことになる、と云ったのである。

上質の紙の上には、兄の隆志の顔だけが線で描かれていた。眉も目も鼻も唇も、それから、影の部分も細い線描で輪郭が写されている。一等水兵の小さな写真を十倍もに拡大したもので、鶴田新八は、目の周辺から濃淡を書き加えようとしていた。

濃淡を付けて仕上げる方法には、三つあった。くっきりと描く部分は鉛筆で、やや強く影を付ける部分は、紙を固く巻いた紙ペンに鉛筆の粉のようなものを付けて擦り込む。さらに、全体をぼかすのは、綿とか布とか指先とかに、同じ黒い粉を付けて柔らかく掃くように撫ぜて定着させ、写真のように見せるのである。

その作業で目のあたりを描きながら、鶴田新八は、この子はパン屋でもやってたら、また、やれる時代に生れてたら幸福やったのになあと呟き、それにしても、悲しい目やなあ、と云った。

「おっちゃんが、パン屋がええとか、悲しい目をしとると云うたことは、お父ちゃんには内緒やで。健太は、内緒の意味がわかるやろ。ほんまのことでも、云わん方が人のためになることがあるちゅうことや。正直がええとは限らんことも、もうそろそろ覚えといた方がええ。そういう時代や。けど、健太、これも内緒やで」

鶴田新八は、そう云った。

それは、まるで、その後の鶴田新八の生き方の宣言であったように、私には思えるのである。

そして、実に、彼は、深沢家で肖像画を描き上げた直後から、内緒と不正直の善意を実行して、見事な闇屋になるのである。

それなら、その時点で、およそ信念の違う深沢武吉巡査との縁が切れたかというと、奇妙な友情を誇示するかのように度々やって来て、父に渋い顔をさせた。

やって来る度に、鶴田新八が、戦後の混乱をどう捉え、どのようにたくみに生きているかが、よくわかった。服装や持ち物も、気恥ずかしくなるほど派手になり、滑稽でさえあったが、表情は明るく、とても元巡査で、権威を振り翳して、時に弾圧にも手を貸した人物とは思えないほど、饒舌になった。

そして、ちょっとネジを弛めるだけで、気楽に生きられ、金も儲かり、自由な楽しい時代やのに、あんたという人はと、父の武吉を笑った。

決してそれは嘲笑したわけではなく、ある種の敬意と驚嘆を前提にして、多少の揶揄で云っているのだが、武吉は、闇屋に説教されたらおしまいじゃと、憮然としていた。闇屋になった鶴田新八は、深沢武吉巡査に対して、取締りの目こぼしを期待しているわけでもなく、ただ、私たち一家のことを特別に思っているようなところがあるようで、来る度に、めったに手に入らない貴重な食糧品などを、お土産や、という気楽さで持って来た。

しかし、父は、必ず母に対して、返して来るようにと命じていた。あんな奴の持って来る物を受け取るとはどういう了見や、あいつが何をして金ピカになっているか、お前も知っとるだろうが、と怒った。

もしも、母のきく乃が、他の人やなし、お友だちやありませんの、お友だちの手土産やありませんの、などと云おうものなら、大変だった。撲られかねない。母は、その都度、鶴田新八の泊る宿を探して、返しに走っていたのである。

あとで聞いた話によると、返しに行った母に対して、鶴田新八は、

「奥さん、ここがあんたの知恵や。返したことにしておいて、チビチビと子供たちに食べさせなはれ。深沢武吉には食わさんでよろしい。ええですか、奥さん。巡査の目から見たら闇は確かに悪やが、庶民の目から見たら、善であることもある。深沢武吉は立派な巡査で、職務にも忠実やが、この時代の中で、人間を幸福にしていると思えますか。けど、闇屋になった私には、顔を見せただけで拍手が来る。幸福にさせとるんや。だか

ら、奥さん、あんたが、ご主人はこういう人やと思うのはもっともやが、一人の母親として、子供たちのために、私に拍手してみなさい。他の闇屋にはともかく、私にはそうしなさい」

と、云ったそうである。

それは、母のきく乃が、何十年もあとで話した。ビクビクしながら、貰うた品を使ってたんよ、お父さん、気がついてたかどうか知らんけどと、母は、それがまるで、大きな罪に値いするかのように、首を竦めた。

実に不可思議なつきあいだが、そのような関係が長く、父と鶴田新八の間でつづく。父は、とうとう、友人だと認知はしなかったが、自身とまるで違う、この柔軟で無節操な男の生き方を、どこかで羨望していたに違いないのである。

その間に、鶴田新八は、闇屋から商事会社の社長になった。女房も三度変えた。三度目は、娘のように若い女で、本来なら、令嬢と呼ばれた人だと自慢した。

肖像画を描いていた時に話を戻す。

肖像画は、兄の隆志の顔が出来上ったところで、二日ばかり、間があいた。その間、父の武吉は、近郷近在を訪ね歩いて、海軍一等兵曹の写真を探していたのである。

とにかく、父は熱心だった。労を厭わなかった。あそこの息子がそうやなかったかいなあ、という話を聞くと、訪ねて行って、お願いしていた。

こんなに足まめで、他人にお願いごとをする父は見たことがない、と母は云い、この肖像画に対する思いの強さを感じて、涙ぐんだりした。

海軍一等兵曹の写真は、本署のある町の、国民学校校長の長男の物が借りられた。しかし、誰も、その長男といわれる青年の顔を覚えていない。私たちには、制服と制帽、つまり、からだだけが必要だったのである。

「立派な海軍一等兵曹が出来たと思うで」

描き上った時、鶴田新八が云った。

その夜は、来た日と同じようなご馳走になった。もちろん、肖像画は、簞笥の上に飾られていた。座は和んだ。父の武吉などは、どこか脱力感を感じさせる和み方だった。

「深沢はん、あんた、警察を辞める気がないんなら、考えを変えて、出世したらどないです。出世せんとあかん。あんたは、その気になったら、上に上れる人や」

と、酒のはずみで、鶴田元巡査はそう云ったが、

「アホぬかせ。わしに出世が出来るか」

と、父の武吉はニベもなく答えていた。

そして、昭和三十年の三月三十一日までは、恥かいてでも巡査をやる、これが何の日かというと、健太が大学へ入って淡路島を離れる日やからのと、九年も先のことを変更出来ない大事のように云い、頭の割れた人間の考えられることは、その辺までで、あん

たのようには行かんわい、と云ったのである。

鶴田新八は、この前、越中ふんどしやのうて、猿股なら安心やと云うたが、もう時代はパンツや、パンツ穿きなはれと、わけのわからないことを云った。

ところで、頭が割れた、つまり、子供の時に兄の忠義の振り下した鍬で頭頂部を割ったことが、何かの思いの原点のようになっていることを、私は不思議に思い、当時もだが、今も、あれは父にとって冠なのか、免罪符なのか、わからないままでいるのである。

27

私の家、つまり、深沢武吉という駐在巡査の一家の民主化は、姉の千恵から始まったといっていい。実に、それは、見事に実行された。無計算で無邪気であっただけに、あれよあれよという感じになった。

同じことを、理詰で行なおうとしたら、父の武吉の抵抗に遭い、親子関係は断絶、家族は分裂していたかもしれない。まあ、そこまでの大事に至らないとしても、怒声や泣き声の修羅場の一つ二つはあった筈である。

夏の終わりに、姉の千恵が尼崎の工場から帰って来た。リュックサックを背負い、ボストンバッグを提げて、行路死者直前のような感じになっていた。

十七歳の姉は、半分になっているように見えた。どちらかというと、肉付きのいい体型の筈であったが、その肉が萎んだようになっていた。白い半袖の開襟シャツに、紺色のモンペを穿いていたが、その痩せた細い腕は、虫食いの痕が点々としていた。

一言二言、言葉を交し合ったとしても、姉の千恵が最初にやったことは、駐在所の裏手にまわり、水の出の悪いポンプに苛立ちながら、水を汲むことであった。彼女は、バケツ一杯の水を何度も風呂場に運び、風呂桶に水を張ると、今度は、黙々と焚き付け口で火を燃やし始めた。

確か、まだ、日暮には間のある時間で、蟬の声が喧しく響いていた。なぜか、焚き付け口に顔を押し込むようにして、火を立てていた姉の千恵の姿が、印象に残っている。千恵は、火が付いたことを見極めると、お勝手に入って行き、水甕の水を柄杓に口をつけて飲むと、上がり框に腰を下した。

そこで、母のきく乃といくらか話をした。バスの連絡が悪いので、隣り町から歩いて来たと云い、荒い息をしていた。

「ご苦労さんやったなあ。空襲やら何やら、えらい恐い目に遭うたやろに、けど、まあ、無事でよかった、よかった」

と、母のきく乃はもう涙ぐんで娘の無事の帰還を喜んでいたが、話の途中で千恵は、腰掛けたままの姿勢で、上体を倒して眠った。そして、およそ十七歳の少女とも思えない大きな鼾をかいた。

「可哀相になあ。こんなに疲れてしもうて」

母は、まだまだ涙のつづきで、そんなことをブツブツ呟きながら、リュックサックとボストンバッグを開けて見ていたが、紙質の悪い英語の辞書が下着類の下から出て来ただけで、ほとんど空っぽだった。

私は、お勝手の湿っぽい三和土の上に立って、女でも鼾をかくのだと驚いていた。鼾は男に限られると思っていた。

やがて、千恵は起き上ると、さっさと風呂場へ入って行った。その時点までは、母のきく乃は、娘の行動に特別の注意を払っていなかった。それはあり得ないことで、母の頭の中に、もしや、の考えもなかった。

しかし、風呂場からバシャバシャと盛大な水音が聞こえて来ると、初めて蒼ざめ、ことの重大さを悟り、母のきく乃は、ほとんど転ぶようにして風呂場へ走った。それでも、まだ、母は、まさかと思っていた筈である。

引き戸を開けると、湯気の立つ風呂桶に十七歳の千恵がからだを沈め、気持よさそうに目を閉じていた。しかも、声を張り上げるというのではないが、唇をしっかりと捌きながら「愛国の花」を歌っていた。

母のきく乃は震えていた。怒りや驚きというより、とんでもない災厄が襲って来たと思っているようで、何とか修正する方法はないものかと、狼狽の極みにあった。

その災厄は、娘がもたらしたものではなく、娘にふりかかると思っているようで、彼女は、千恵を救おうとするかのように、手をさしのべた。

「あんた、何してるの。何えらいことしてるの。早よ、出て。早よ、お風呂から出んかいな。こんなとこ、お父ちゃんに見られたらどないするの。あんた、只じゃ済まんよ。お母ちゃんのこと困らせんと、早よ、出てちょうだい」

しかし、千恵は、湯煙の中で笑いながら、ええね、と云った。それから、これがしたかったんや、隣り町から、行き倒れみたいになって歩きながら、一番風呂に入ったろとそればかり考えてたんや、ああ気持ええ、気持ええなあ、とはしゃいだ。

「わかった、わかった、気持はええやろけど、お母ちゃんが困るね。早よ、出て。お母ちゃんが見ていながら、女の子を一番風呂に入れたたなんてことになったら、どない云われるか、わからんやないの」

「いやや、折角入ったんや」

千恵は、風呂場の小窓を開けて、外を見ていた。それは母の狼狽や、あるいは、思いやりを無視しているとも見えた。ええやないの、風呂くらい、とも云った。

母のきく乃は、とにかく出なさい、何やの、帰って来た早々女の子が無茶をしてと、今度はいささか怒りながら、実力行使で風呂桶の中の娘を引っ張り出そうとしたが、その時、父の武吉が巡羅から帰って来た。

「もう、遅い。今から出しても遅い。気が済むまで入れとけ」

と、武吉は云った。それほど怒っているようにも見えなかった。ただ自身が汗まみれになっているので、いささか憮然として、胡座をかくと団扇を使った。

母のきく乃は恐縮し、それに、いくらかは怯え、流し台で濡らした手拭いを作って来ると、父の汗を拭いた。

そして、許してやって下さい、やっとの思いで帰って来て、ただ、ただ、お風呂に入りたかったんですやろ、出て来たら、ちゃんと謝らせますよって、と頭を下げた。

その姉は、たっぷりと一時間もかけてからだを洗い、全く悪びれる風もなく出て来て、

「お湯、垢だらけになってしもうたから、抜いて来たわ」

と、実に屈託なく、気持よさそうだった。

結局、あらたまって父に非礼を詫びるということもしなかった。母のきく乃に、そうするようにと何度も脇腹を突っつかれていたが、ええやないの、ねえ、お父ちゃん、と笑いかけて、全く平気だった。

千恵は、お腹が空いたと云い、そのついでといった感じで、隆志兄ちゃんはまだ？

と訊ねた。

まだ隆志の戦死の公報が届く前で、内地にいる兄の帰還を信じて疑わなかった家族は、もうすぐやろ、もうすぐ全員がそろうわと云い、それに便乗するように母のきく乃は、けど、お兄ちゃんかて、一番風呂にさっさと入ることはせんよ、と釘を刺していた。

思えば、十七歳の娘の不埒が、つまり、封建的な父親の威光を無視して風呂に入っただけのことで、民主化などという言葉を使うのは大仰に過ぎるが、何十年も絶対であった家の中の秩序や禁忌が、実にあっさりと崩れたことは事実であった。

秩序や禁忌は、明文化されたものではなく、それは、父であった。父の存在がそれで、父の個性の差によって、厳しくもあり、緩やかでもあった。だから、それらを無視し、否定することは、父そのものを新たな目で見ることになる。

深沢武吉の一家でいうなら、十七歳の娘の千恵が、ほとんど無意識の無邪気さで一番風呂を強行したことによって、何十年間絶対であった秩序が崩れたのである。

十数日前の、日本がまだ戦時体制にあり、封建の意識が疑問の余地なく立ち籠めていた時なら、千恵は風呂から引き出され、顔が歪むほど撲られていたであろう。また、千恵も、如何に無邪気の結果とはいえ、そんなことは空恐しくて出来なかった。

しかし、深沢武吉も、揺らいだ価値観の中で、信念は信念として腹に据えるとして、そこまで思い詰めたり、殉じたりする必要がないものもあると感じ始めていたところであるから、怒らなかった。

そして、このような、小さな謀反のようなものは、公私ともに続出するだろうとは覚悟していたようで、どこで我慢の線を引くか、その線を越えてなお我慢しなければならない種類のことを、父は、恥と呼んでいたようである。

家の中に張り詰めていた、理不尽なまでの秩序が破られたことは、父の武吉にとっても、楽なことではなかったかと、私は思う。

ただ、その頃から、巨人と思っていた父が、普通並か、むしろ小柄な男であると感じるようになったことは、事実である。権威の緊張から解放されると、小さくなるものであろうか。

姉の千恵の一番風呂事件は、考えてみれば、我が家の出来事にとどまらず、なかなか象徴的である。

平気で行なうと、意外にことは進む。民主化などという大袈裟なお題目も、絶対が崩れるかどうかだけの問題だということが、これでわかる。

今はもう、かなりの年齢に達して孫もいる姉の千恵に、あっけらかんと一番風呂に入った功績を話したが、彼女は、そんなこと、全然覚えてないなあ、と本当に記憶にもないようであった。

ところで、そのことがあったあとの、父の武吉の出した条件というのが、妙なものであった。父にも、多少の意地はあるという思いがあったのであろう。

「何をしてもええ。そこそこの行儀が守れるなら、何でもええやろ。ガミガミは云わんことにする。出来るだけ云わんことにする。その代わり、わしも、我儘を一つ貰う。刺身を食う。毎日、時化《しけ》でも、台風が来ても、刺身を食うぞ。他はええ」

と云ったのである。

深沢武吉家の民主化の、一番風呂と刺身の関係が、どこでどのように連動しているのかわからないが、父は刺身に拘泥わり、母のきく乃はそれから三十年近く、新鮮な刺身の調達に苦労するのである。

一日一皿の刺身のために、武吉は、頑固や美意識や、信念の何十分の一かくらいを売ったようにも思える。

姉の千恵は、女学校に戻った。

兄の隆志と違って、姉のことはほとんど記憶になかったのだが、戦後の一、二年は鮮やかである。

どういう性格か、まあ、深沢家としては、緊張した枠の外で教育されたというか、結構野太く大らかなところがあり、彼女がいたために、家の中でレコードが鳴り響き、映画雑誌が散らばっていることが普通になった。

ある時などは、古物商から、レコードを貫目いくらで買って来たりして、驚かせたこともある。

姉の千恵は、学徒動員から戻って来ると、ありとあらゆるものを食べ、十貫まで落ちていた体重が十五貫にもなり、それを平均の十二貫に戻すのに、二年かかった。

28

昭和二十一年になって、サーベルが警棒になった。他にも、警察機構としては大きな変化がさまざまあったのだが、私の目から見ると、サーベルから警棒へというのは重要であった。

父の武吉もそう思ったに違いない。サーベルという特権的な刃物から、警棒という日常的な感じの道具に変わることは、権利の剝奪にも思えて好評のようであったが、父に云わせると、それは、生々しくなったということになる。

サーベルは精神の拠り所のようなもの、どこか象徴的なものがあったが、警棒は、どんなに素朴であっても、武器である。撲る道具である。

「これで、撲れちゅうんか」

と、父の武吉は警棒を振りまわしながら憮然とし、棒が許可されて、竹刀が駄目とはどういうこっちゃ、竹刀なら瘤で済むが、棒なら死ぬ、と不思議がっていた。

その剣道の竹刀は、終戦間もなく、世の中とか時代とかの変化をしみじみと悟った時、深沢武吉が、駐在所の裏手のポンプの横で燃やした。

何本もあって、その中には、兄の隆志が少年剣道大会で優勝した折の、子供用の物も含まれていた。

母のきく乃が、それはちょっとと、息子の誇らしい記念品を燃やすことに抵抗したが、父は、まあええやろ、と云った。

その時、私が描いた絵も一緒に燃やした。五、六歳当時から描いていた戦意昂揚気分の戦場名場面集で、私は、そんなものを得意になって描きつづけ、何十枚も保管してあった。それも燃やした。

ある秋の夕暮、父の矜持、兄の誇り、そして、私の得意までが、まるで、茶毘に付すように燃え、それもまた敗戦の一つの儀式でもあった。

私は、たとえば、進駐軍に対する慮《おもんぱか》り、あるいは、阿《おもね》りでそんなことをしたのではないかと、長く父のことを軽蔑していたこともあるが、今は、多少の美化はあるとしても、心が腐ることを嫌って燃やしたのだと、思っている。

また、慮りも、阿りも、生きる責任を背負った時、潔癖を振り翳して済むことではないこと、それほどあの時代の中で、不器用な人間が生きることは大変であったこと、今なら理解出来るのである。

とにかく、竹刀が燃えたことによって、父と子の間を教育で繋ぐ手段はなくなり、私は、兄の隆志のように鍛えられることは、全くなかった。竹刀を放棄すると、もう、教えたり、怒ったり、理想を強要したりは出来ないと思い込んでいるところが、父にはあったようである。

竹刀は燃やした。その他の防具や刀剣の類は徴集された。さし出したのかもしれない。そして、サーベルが警棒になった。

もう深沢武吉巡査が歩いても、自転車を走らせても、カチャカチャ鳴ることはなくなった。従って、私の周囲で、巡査が来たぞう、と叫ぶ子供の声もしなくなった。

それらは、巡査である父の側の変化であるが、町の人々は、それ以上に大いに変わった。その変わりようを見ると、いわゆる戦争の時代、人間という人間の全てが、仮面をかぶっていたのだと思えた。

柔順な仮面、真摯な仮面、沈黙の仮面、高潔な仮面、道徳的な仮面、信仰的な仮面、愛国の仮面、彼らは、それらをいっせいに脱いだ。

変化したわけではなく、肉付きの面のようになっていた仮面が、呪縛が解けたようにポロリと落ちた。

すると、それまでの忍耐や沈黙が損であったと感じるようで、誰も彼もが内なる欲望をあからさまにし、権利の主張を声高にしゃべり、近隣の告発に夢中になり、駐在所は、信じられないくらいに賑わった。

それまで、駐在所は恐い所であり、近寄り難い所であったのが、まるで、苦情箱か、不満を吹き込む井戸のようになり、訪れる人は、いずれも元気であった。まるで、戦後日本の縮図のように思えるところさえ、あったのである。

私は、その頃、自分の家でもある駐在所へ帰る時、一歩躊躇するようなところがあった。迂闊に足を踏み入れようものなら、とんでもない修羅場に遭遇することがあったからである。

ある時などは、喧嘩で腹を刺された男が油紙の上に転がっていて、駈けつけた医者が荒療治を施していたが、その痛がりようといったら、地獄であった。

そんなこともあるので、私は帰って来ると、まず駐在所の玄関の様子を窺い、それによっては、裏手へまわったり、窓から入ったりしていた。

しかし、戦争中の凍てついたような緊張の駐在所と、その頃を比べて、どちらがいいと思っていたかというと、修羅場にしろ、地獄にしろ、不道徳な欲が持ち込まれる汚さがあるにしろ、戦後の方がはるかに面白い。ずいぶんと、いろんな人を観察させて貰ったと云ってもいいくらいである。

状況や、巡査の役割がすっかり変わってしまい、全くどいつもこいつも、自分の欲しか考えおらん、日本人がこんなみっともない民族とは思わんかったぞ、恥も知らん、徳も知らんと、父の武吉はぼやいていたが、職務には忠実であった。

その職務の忠実さは、闇米の取締りも例外ではなかった。バスや連絡船の発着にあわせて律義に出向き、米どころの淡路島から運び出される米を、容赦なく摘発した。

それは決して評判のいいことではなく、正義とさえも思われなかった。隣り町の駐在巡査と比較されて、あの人は話のわかるええ人やけどなあ、というようなことを云われると、職務怠慢がええ人になるのか、と大いに嘆いていた。

また、しばらく、巡査が来たぞうの時代があったが、それは、戦争中の抗い難い恐怖といったものとは違っている。

父の武吉は、巡査をつづけると決意した以上、たとえ、それが、恥の期間と自覚していても、いいかげんにやり過すことは出来なかった。

食糧難時代の闇米の流れも、おそらく必要悪と理解するところもあったのだろうが、そこでの理解や納得を自分に許してしまうと、もう何にもならないと思っていた筈である。

しかし、絶対の信念を持てないまま、職務に忠実であることは、辛かったに違いない。それでも、武吉は、食糧管理法違反、闇米の取締りの手を緩めるということはしなかった。自分のためであったのだろう。

「巡査の家かて、闇の米を食べんわけやないやろに。こっそり、裏から、奥さんが買うてるやろうに」

と、陰口も叩かれていたが、それは全く、父の性格を知らない人の云うことで、武吉は、一粒の闇米を買うことも許さなかった。だから、戦後しばらくは、実に粗末な物を食べていた。

例外があるとしたら、鶴田新八の友情で、時々訪れては母のきく乃に、きれいに生きたいは亭主の夢、飢えさせせんのは妻の知恵と、米を置いて行くこともあったことである。陰口が聞こえて来ることもあって、私たち家族は、食事を隠れてするようになった。美味しい物を食べていたら疑惑を招く、貧しい物を食べていたら恥ずかしい、そういう考えだった。

この習癖は、しばらく私に取りついて離れず、これ見よがしに食事することに、羞恥や、時に、罪の意識めいたものを感じるようなところがあった。

終戦の日、母のきく乃のところに、病床の義父にお粥を食べさせてやりたいからと、掌一杯の米を借りに来た近所の若い嫁の石本カネコも、闇米の担ぎ屋になった。

今にも死ぬと云っていた義父は、まだ生きていた。亭主の復員はまだで、石本カネコとしては、やむを得ない選択ということであったのだろうが、駐在所の隣りに担ぎ屋がいるとはな、と父は苦笑した。

目こぼしがあったとすると、それが唯一の例外であろうが、そこそこ、ほどほど、恥ずかしながらとやってくれればいいが、と云っていたが、石本カネコは日に日にたくましく、派手にもなって行った。

そして、ある日、石本カネコは、小笊一杯の米を持って来て、

「あの時は、ほんまにありがとうさんでした。涙が出るほど嬉しうて、義父もお粥をすすって泣いて。これ、お借りした分に、ちょっと気持を足して」

と置いて行ったが、父の武吉は激怒し、気持はいらん、掌一杯擦りきりだけ貰って、あとは返して来い、それから、地味にやれと云うて来い、それでないと、ご近所でも容赦せんとな、と母のきく乃を走らせた。

そんなこんながつづく時代の中で、父は巡査でありつづけたが、決して心晴れやかでも、愉快そうでもなかった。ずっと一人耐えていた。家の中で絶対の権力を行使することもなくなっただけになおさらで、しかし、職務だけは、真面目そのものであった。

たぶん、時間を守り、職務を守り、さらに法と秩序を守り、窮屈に窮屈に巡査でありつづけようとした父には、どこかで、時代に加担したことへの罪の意識と、その中で、長男を戦死させたことへの贖罪の思いが常に働いていたような気がする。

そして、戦後も巡査に踏みとどまり、昇進も望まず、ただ融通のきかないだけの人間で過したのは、表面的には生きる手立てであったが、恥をかく必要があったように思え

る。父はそういう人であった。

苦渋と忍耐の鬱々とした日々の中で、父が一度だけ、実に無邪気な顔をして、昂揚したことがある。

それは、野井戸の中から人間の手首が発見された時で、バラバラ事件かと警察も色めき立った。駐在所は捜査本部のようになり、緊張が満ちていた。父の武吉も珍しく興奮して、貧しい晩酌を傾けながら、推理を熱っぽく語ったりした。

そんな時には、父は名探偵にも思え、本当は駐在所にくすぶっているより、やはり犯罪捜査がしたいのだと、感じさせるものがあった。楽しそうだった。

しかし、その楽しみは長くつづかなかった。事件はバラバラ殺人でも何でもなく、何かの手術で手首を切断した男が、自分でちゃんと始末しますと、自転車の荷台にくくりつけて帰る途中、落してしまったというだけのことだった。それを野犬が銜えて野井戸に落し、さらに、その水を汲み上げた人が釣瓶の中に手首を発見して、仰天したということである。

この一件落着に、深沢武吉は、滑稽なほどに落胆したのだが、その数日が私から見て、例外的に肩の力の抜けたいい顔の父だったと思っている。

進駐軍が駐在所へやって来たことがあった。何かの監査であったのであろう。

深沢武吉巡査は、六尺以上もあるアメリカ兵に囲まれて、緊張していた。決して、卑屈には見えなかったが、当惑し、硬直していたことは確かである。

進駐軍の一行が帰ったあと、

「英語が話せたから、今の時代を得意で生きられるという考え方もあるが、英語も使わずに生きられて幸福や、という思い方もある」

と云ったが、私にはそれは、強がりか、照れ隠しに思えていた。

第五章
格言

29

昭和五十年一月九日、私と妻の優子は、父の訃報を受けて後、無為の一日をパリで過し、やっと、フランクフルトで乗り継ぎの便で、帰路に着いた。

旅行社の添乗員の植松が奮闘してくれたが、その便の確保がやっとで、やはり、息子の太一と妻の妹の小山友子は、ツアーの中に残った。

七日の深夜に、東京から電話がかかって来て以来、私たち夫婦は、ほとんど眠っていなかった。次の日はまるまる一日、まさに無為に送ったのだが、眠るという気分にはならなかった。

太一と友子には予定通りの行動をさせ、私と優子は、冬に凍てついたパリの街を歩いた。過ぎて行くことだけを期待して時間を見つめると、それは長く長く、およそ十分の時の経過に、呆然と感じるものさえあった。

私は、その間、どういうわけか父の声が思い出せない、どうしてだろうと身悶えながら、氷柱《つらら》のようになって街を歩いたり、不思議なカジノで時間を潰したりしていた。

結局、その程度のことであった。無為の一日を、厳粛に過しても、眉をひそめさせるような不行儀で過しても、同じだというようには出来なかった。やはり、どこかで自粛する思いがあって、父の武吉の死に敬意を払おうとしていた。

エール・フランス航空機で、ドイツのフランクフルトまで行った。そこで日本航空機に乗り替える。妻の優子とは、めったにない二人旅になったのだが、おたがいどこか緊張して、多くを語っていない。

エール・フランスに乗っている間は、まだ先行きどうなるかわからない、果して予定通りに東京へ着くものやらどうやら、という気持もどこかにあり、何とか早く、日本航空の座席を確保したいものだと思っていた。

フランクフルト空港は、ずいぶんと広い建物で、日本航空の乗り継ぎカウンターまで、途方に暮れるほど歩かされた。その広い長い廊下を、空港勤務の従業員たちは自転車で走りまわっていた。それを見て優子の目がちょっと和み、同時に私も安堵していた。

日本航空便の出発まで相当の時間があったが、私たち夫婦は、出発口の待合室を動かなかった。チェックインをし、座席のリザーブを確認したところで、腰が抜けたようになっていたのである。

「私たち、二日前までは、傍若無人の旅行者だったわけよね。それが今は、ずいぶんと悲しげで、臆病な、みっともない夫婦に見えてると思いません？」

と、妻の優子が、待合室を見渡しながら云った。悲しげも、臆病も、みっともないも、心にこたえる。どういうつもりで、優子がそんな感想を口にしたのかはわからないが、云われてみると、確かにそう思えるところもある。

「そうかな」

と、私は答えた。そして、遠くで聞く訃報の圧力だろうな、非現実な区域にいる分だけ、逆に常識を強いたり、実際以上に感情を増幅させるものがあるのかもしれない、もし、我々の目の前で親父が死んだのなら、一生分も思い出そうとは決してしなかった筈だからな、とも云った。

「だが、オドオドと帰路に着くことはない」

「そうでしょう。オドオドはやめましょう。だって、高い声で話すだけで、あなたが怒りそうで厭だわ。私、お葬式の場でケラケラ笑ったり、非常識なことはしませんから、東京へ着くまでは、普通にいさせてほしいわ」

「確かにその通りだ。それでいい」

「よかったわ」

それから、優子は、何か食べません？　と云ったが、私は、ＪＡＬなら和食が出るんじゃないかな、それまで待とうと答え、それに対して妻は、いきなり和食ってことないんじゃないかしら、あれはもうすぐ日本っていう時ですよ、と笑った。

日本航空機に乗り込んだ途端に、私は、仮死状態に陥ったように眠った。離陸も知らなかった。目が覚めると空は夜で、優子が狭い読書灯の光の中で本を読んでいた。寝なかったのかと訊ねると、ちょっとと答えた。

「機内食、和食じゃありませんでしたよ」

「そうか、もう出たのか」

「どうします？　いただきます？」

「いや、食事はいいな」

私は、スチュアデスを呼んで、珈琲を貰った。何時間眠ったのか、頭はずいぶんとすっきりしていた。

「声、思い出しました？」

と、優子が訊ねた。声とは、父の声のことを云っていた。

私は昨日から、父の声が立ち上って来ないことに苛立っていた。元来が寡黙な人で、必要最小限しかしゃべらないというタイプではあったが、それでも、日常があったわけだし、日常を積み重ねた歴史があったのだから、声や言葉がないなんてことは、あり得ない。それほど数多い機会ではないにしても、父と子で重大な話をしたことも、一度や二度はある。

思い出そうとして、あの時にこういうことを云っていたという話の内容、父の思いは浮かんで来るのに、どういうわけか、それが肉声を伴って頭の中で再生されることがなかったのである。

何かに書きつけられた文字を、私自身の目で追い、私自身の声で読んでいるようで、それを父の声に転換しようとしても、なかなかならなかった。

どういうことかわからない。しかし、なぜか、私という息子と、深沢武吉という元巡査の父の間の、緊張は満ちているが、同時によそよそしさもあった関係を、暗示しているような気がする。

全くそうで、私は、戦後という時代もあって、父に手厳しく扱われたり、強硬に何かを命じられたりということはなかったが、そうされると同様の、圧迫と緊張はずっと感じていた。

それは、私の、父に対する最大の敬意で、決して甘えたり、いわゆる仲良くしたりしないことで、気持を表わしているつもりでいたのである。

父の側にも、同じことが云えたと思う。父は威厳を示しつづけていたが、私に対して信じられないくらい気を遣い、あるいは、遠慮していたようにも思える。

私たちは、ついぞ、明らさまに背き合ったことはなかったが、かといって同調しているところもなく、父と子の間の、おたがい暗黙で作った深い川を中にしたまま、生きていた。それがいいと思い、また、父と子はそうあるべきだと、私は思っていた。

こういうふれあいであったから、いざ、感傷的な思いの中で父の声を思い出そうとしても、かなり困難なものがあった。深沢武吉と深沢健太は、ただただ見つめ合っているだけだったのである。

しかし、それでも、突然のように、お前の歌は品がいいね、と云った父の言葉を思い出していた。

「ああ、いろいろとね。もう、いろいろとしゃべっている」

私は妻に答え、それにしても、言葉の少ない人だったのだな、昔の父親ってそうなのだろうけど、その中でも特別の部類に入るかもしれない、と云った。

スチュアデスが来て、食事どうなさいますかと訊くので、一旦はいらないと思ったのだが、急激に空腹を感じて、悪いけどいただこうかな、と頼んだ。

私の食事の間、優子は珈琲を飲み、もうほとんどが眠っている周囲の客に気を遣いながら、父のことを小声で話し合った。

当然のことに、優子にとっての深沢武吉は、巡査を辞めて何年も過ぎてからの姿で、威厳にしろ、気難しさにしろ、無愛想にしろ、頑固にしろ、たかがしれている。

父は父なりに、自分の常識とは相容れないところのあるタイプの嫁に、戸惑いは感じていただろうが、気も遣っていた。

しかし、妻は、前夜から何度目かの、心の底からの呻きのように、恐い人だったたわ、何をどうされたということではないのだけど、恐い人だった、とくり返した。

「一つだけおかしいことがあったわ。ほら、パチンコ」

妻はやっと笑った。私は、ああ、あれ、と同調した。

父の武吉は、職を辞すると同時に、生れ故郷の宮崎県へ帰ったわけだが、やはり、そこでも、本当の意味で根を下せないことを実感したのである。

何十年も淡路島の中を転々としながら、決してその地に根を下さない生き方を選択し、子供たちにも、ここで根を張ろうとすると枯れると教育し、そして、ここならと思ったところが故郷に近いところであったのだが、どうやら、それも、幻想であったらしい。

私の生活が立ち行くようになり、横浜と宮崎と離れているのも何だから、こちらに来て住まないかと声をかけると、意外なほどにあっさりと、ふたたび故郷を棄ててやって来たのである。

一緒に生活するといっても、その頃の私は、全く昼夜逆転したような暮しをしており、とてもこれでは安穏には過せまいと、庭に離れ座敷も作った。

しかし、それが失敗だった。宮崎を棄てたことも、離れ座敷に住んだことも、今にして思えば、失敗だったと考えている。酷薄なようでも、父の武吉も母のきく乃も、宮崎に置いておけばよかった。根付くに適当な土ではなかったといっても、同質で、やがて馴染む可能性はあったのである。

しかし、私のところへ来てしまうと、土を求めることは不可能であるとともに、現実にやることがなかった。無聊をかこつというしかない状態であったのである。

優子が見かねて、お義父さん、何か欲しいものありません？　と訊ねた時、父は、意外なことに、パチンコと答えた。

一つだけおかしいことがあったというのは、そのパチンコのことである。妻は、父がパチンコをしたがっているのだと思い、じゃあ、クルマで店までお連れしますわと云ったのだが、店でやるのは厭だ、あんなところへはとても行けない、パチンコの台が欲しいのだ、と父の武吉は云ったのである。

「大変だったのよ。パチンコ台を譲って下さるところを探すのに。やっと見つかって、ほっとしたのだけど」

それから、しばらく、父は母のきく乃とともに、離れ座敷のパチンコ台で遊んでいたが、そんなものが面白い筈もなく、やがて飽きた。

そして、それに飽きると同時という感じで、やはり、関西で暮す方がいいように思うと云って、姉の千恵や妹の登喜のいる神戸の方へ行ってしまった。

これには、妻は傷ついたことと思う。庭の半分を潰して建てた離れ座敷も、全く邪魔なだけの存在になった。

「どう生きたかったのかなあ」

飛行機の窓に額を押しつけるようにして、私は云った。どこの国の上空なのか、月が出ていた。

どう生きたかったかという呟きと同時に、威厳か、とも思った。巡査を辞めて以来、それが父流の一種の美意識で、もう働かないと頑張って、本当に働かない意地を通したのだが、それが心地よかったとも思えない。

しかし、威厳だけは失わずに生きようとしたから、なおさら窮屈であったのだが、私はある時期から、いささか、父を見る目とも思えぬ底意地の悪さで、この威厳の正体を見ようとしていた。

たとえば、死を前にした時、それは揺らぐのか、それとも、揺らがないものなのか、などと思ったこともあった。

平然と淡々と死を迎え、さすがと唸る光景も目に浮かんだが、反対に、突然、小心とか臆病とかが噴き出して、全てを無にするのではないかとも思えた。

実に厭な考え方だが、憎むとか軽蔑するとかの思いの他に、そこまで思わせてしまうものがあった。

さて、どっちだろうと思っていたら、唐突に死んだ。電話での報告だから詳細はわからないが、心不全というのだから、死を意識することもなく、従って、剛毅か小心かを証明しないで死んだのである。

ある意味ではいまいましく、ある意味では、私は安堵していた。正直なところ、最後の最後に無残な踏み絵を強いるなんて、酷なことであった。

私と妻の優子は、食事と珈琲が終わると眠った。アンカレッジに着くまで、夢も見なかった。妻もそうだと云った。

アンカレッジ空港の免税店で、カジノで勝ったフランを使って、時計を買った。妻にブランド物のバッグでもと云ったが、彼女は首を振って、あなたの物をと云ったのである。

そして、また、機内で、夫婦心中のように手をつなぎ合って熟睡した。アナウンスで目を覚ますと、窓の外に、冬の大気に凍えながら富士山が、これこそ威厳という姿を見せていた。

30

淡路島が悪いというわけじゃない、しかし、ここに住み着こうとか、ここで生きようとかは決して思うな、そう思った途端にお前たちは、お客さんでなくなり他所者になってしまう、お客さんには親切でも、他所者には厳しいというのが現実なのだと、父は云っていた。

おそらく、兄の隆志も姉の千恵も、聞かされた筈である。私も一度だけだが聞いた。ただし、私の場合、きちんと正座をして、謹聴を強いられたということではなく、何かのついでの話であった気がする。父が誰かに話していたのを、横で聞いていたのかもしれない。

父は、お客さんとか他所者とか、扱われ方について話していたが、必ずしも、そういうことではないと思う。

どんな仕打を受けるかなどという情ない話は、わかりやすくするための比喩で、本当は、なまじ土に根を下すことを期待すると生き方を見失う、それに、土さえあれば根が付くかというとそうではないのだ、ということを云いたかったに違いないのである。

その言葉に影響を受けたわけではないが、幸いなことに私は、淡路島で生き場所を見付けようとするような子供ではなかった。

それどころか、常に、今いる場所は仮のものだと思っていたし、通過客の意識が強かった。もちろん、子供であったから、そのような言葉で思ったわけではない。

阿井丈というペンネームで作詞を始め、いくらか知られる作品を世に出し始めた頃、あなたの歌の中の人物は全部通過客ですね、お酒を飲んでいる人すら中腰に思えますよ、と分析した人がいるのだが、それも子供の頃からの、無意識の人間のありようであったかもしれない。

とにかく、私は、身近にあることより、遠くにあることの方に心を奪われるタイプで、間違っても淡路島の中に住み着くという心配はなかった。

多少抽象的な云い方をすると、私はずっと水平線の彼方を見ていた。淡路島の西海岸に住んでいたから、水平線の彼方は瀬戸内海であるのだが、私はそうは思っていなかった。

水平線の彼方は、物理的にはあり得ないことであっても東京で、しかも、その東京は未知の世界と同じ意味合いを含んでいた。

私が、たとえば、何昔も前の青雲の志的な思いで東京を志向していたかというと、それは違う。まず、今いる場所が非現実だという意識があって、自分が捉えるべき現実として、東京を置いているのであった。

東京で何をするではなく、私の場合、淡路島を出て初めて、私が何であるか始まるとさえ思っていたようである。

そういう気質であるから、その町で心地いいとか悪いとかで一喜一憂、ましてや、泣いて帰るなどということは全くなかったから、父の武吉も安心していた筈である。

自分で云うのも妙な話だが、その頃の私は、抜群に成績の良い子供だった。少なくとも、小学、中学を通じては、トップを譲ったことはなかった。転校による不利は不可避のこともあったが、それも何日かで認めさせることは出来た。自慢ついでに云うと、全教科が秀ということもあった。

学校での成績が良く、多くの人から褒められることを、父の武吉は手放しで喜んでいて、私に関しては、口うるさく注文を付けるということはなかった。むしろ、兄の隆志の場合の反動のように、放任されていた。

私は、そのように成績は良かったが、決して勉強する子ではなかった。それどころか、学校の勉強というものを拒んでいるようなところがあって、家に帰って教科書を開くということは、全くなかった。それは、中学に入っても、極端には高校生になり、受験の必要性に迫られて来たほんの直前までつづく。要するに、興味がなかった。

当時の子供の大多数がそうであったように、私も野球に熱中し、日のある間は遊び呆けていたが、家に帰ると机に対って、何かを描いていた。

似顔や漫画を描くというのは、子供として何ら珍しいことではないが、その他に、野球場とか劇場とかの晴れがましい建造物に興味を持ち、立体的に仕上げたいと考えて、一生懸命に模型を作った。

それをどうするというものでもない。作ることによって、自分の周辺になくて他所にある物を、取り込んだ気持になっていたのであろう。野球場の模型は、やがて、野球盤になり、ゲームとして大いに楽しんだ。

また、同じ頃、家の間取図をよく描いていた。妙な子供だと思われていたが、やはり、これは、生れてこの方、駐在所以外で住んだことがないところから、発しているものであろう。

部屋数の多い、廊下もある、二階も三階もある大きな家を、平面図として何枚も描いた。駐在所という建物は、私にとって、淡路島と同じ意味を持っていたようである。

これは、何十年も後の話、父の武吉が死んでからでも数年が過ぎてからのことであるが、母のきく乃が、姉の千恵や妹の登喜に連れられて、淡路島へ行ったことがあった。

その時、今はもう使われていない廃屋となった駐在所を、懐かしいでっしゃろと、見せられたそうである。

かつて住んだことのある駐在所は、取り壊されもせずに、土地を買い取った人の物置となって、古いテレビや冷蔵庫や自転車が押し込まれていたのだが、そういう感傷とは別に、その建物のあまりの小ささに、母のきく乃は泣いたと云った。

「こんな小っちゃい家で、お父さんとあんたたちと暮したんかいなあ。何十年も。情ないなあ」

と、母のきく乃は、まるで、武吉との人生が、このように小さく情ないものと断定されたように悲しがったと、これは、妹の登喜であったと思うが、びっくりしてしもうたわ、あんなに辛がるとは思わんかった、と云ったことがある。

そして、さらに後になって、その時のことを思い出し、そりゃあ悲しかった、私たち何してたんやろなと思うたと嘆き、私の子供の頃の思い出に繋って行って、「そう云や、あんた、よう家の設計図を描いて、見せてくれたわなあ。あんたは、あの頃から、小さい、情ない建物やいうことがわかってたんやなあ」

と、云ったものである。

しかし、果してそういうつもりで間取図を描いていたのかどうか、わからない。その当時の私は、毎日知恵熱に侵されたような状態になっていて、非日常の雰囲気のことなら何でも夢中になっていたから、自分のことながら真意は不明である。

終戦になり、よく云う話だが教科書に墨を塗り、幼いながらも世間を見渡すと、およそ理不尽なほどの変貌で、父は寡黙になり、巡査は萎え、先生は豹変し、一体何をどう信じるべきかを見失った子供たちは、辛うじて、飢餓を条件にしたような自由に取り組る。

信じると馬鹿を見るから、信じないで済む心構えをまず作ろうと、自衛するのである。大人たちの、あるいは社会の寡黙、萎縮、豹変に対して、子供たちは、どうしたら横着者になれるだろうかと考えるのである。

幸いなことに、子供たちを裏切った時代や社会が、後追いをするほどいいものでなかったことがわかり、逆に、飢餓や屈辱の中で入り込んで来る戦後の浅ましいほど晴れやかな、文化や風俗の方が面白いことに気づく。

そんな時代環境の中で、私も九歳、十歳、もはや目を光らせて武運長久を祈る軍国少年でもなく、また、その資質を尊いと思う理由もなく、ただただ裏切られて狼狽しないことを願って、アホになろうとしていた。

そういう私をどう思っていたのか、父の武吉は何も云わなかった。芝居小屋の少女レビューに連日通っても、映画を見にわざわざ隣り町まで自転車を走らせても、駐在所の中で流行歌のレコードが鳴り響いても、怒ることはなかった。

こんないいかげんさでも、学校の成績は良かった。父が私の将来に、どのような思いを抱いていたのかわからないが、結構満足しているようであった。

何の折であったか、父の武吉は母のきく乃に対して、

「あの子のすることに、口挟んだらあかん」

と云ったことがあるそうである。大した期待ではなく、とりあえずは、淡路島から離れて生きそうな資質に、安心していただけのことかもしれない。

ところで、小学校や中学校での成績が良いということは、単なる一時の幻想である。悪いよりは良い方がいいという程度で、大した価値もない。その幻想を、父の武吉が絶対と信じたと思えるふしがある。

父の武吉は、ただ日常の職務に忠実ということを自分に課し、その他のことは全て棄

てたように巡査をつづけていたのであるから、警察内での人事等で心乱されるということは、めったになかった。

鶴田新八などに云わせると、あんな奴が巡査部長や警部補やらになるのに、あんた口惜しうないんか、ということになるのだが、関係ないこっちゃ、と横を向いていた。

しかし、一度だけ、そのてのことで衝撃を覚えたことがある。それは、新しく赴任して来た署長が、東京大学法学部出身の二十八歳の青年であった時である。父の武吉は、その頃もう五十歳を越えていた。

五十歳を過ぎた巡査にとって、二十八歳の警視が直接の署長としてやって来たことは、驚き以外の何ものでもなかったのだろう。それまで、叩き上げの署長しか見ていなかった、ということもある。さすがに羨望と敬意を禁じ得ないようで、

「あいつ、健太、東大法学部へ行ってくれんかな」

と、母のきく乃に云った。

そのことを、母は、私に、お父さんの切なるお願いやて、これは、と伝えたのである。

この若い若い署長は、三十数年過ぎて、警察庁長官になる。

31

私が、東京大学法学部を志向するなどということは、幻想から発したさらなる幻想で、私自身、およそ考えてみたこともなかった。

いくら、母のきく乃が、お父さんの切なる願いだと伝えても、非現実であった。成績が良い子供と云われたのは、中学までのことであった。その中学ですら、最後はちょっと危なかった。というのも、二年生の終わりに軽い初期症状の結核に罹り、三年生を棒に振りそうになった。

二月から八月まで、私は寝ていた。当初は絶対安静を命じられ、風呂へ入ることはおろか、からだを拭くことすら禁じられていたので、梅雨時には、足の裏に古い餅のように青黴《あおかび》が生えた。しかし、その時期が過ぎると、微熱や盗汗《ねあせ》といった自覚症状はなくなった。

医者は、一年間の静養を強くすすめたが、そうすると、学校が一年遅れる。落第の名札を付けて下級生の中に混るなどということは、私の矜持が許さないところがあって、二学期からは学校へ出たいと、云い張った。

多少は学校側の好意のやりくりがあったのだろうが、それなら、まあ、出席日数の方も間に合うということだった。学力は、合格ラインという意味では問題なかった。医者は、責任を負いかねると云っていたが、本人の私が、死んでもいいとまで云うものだから、渋々だが許した。ただし、多くの条件を付けた。

条件の中には、新薬パスを大量に摂取することとか、ビタミンとカルシウムの注射を毎日欠かさないことといった、医療的なことも含まれていたが、日常の細々《こまごま》とした生活ぶりの制約の方がこたえた。

それによると、私は、ほとんどガラスのような壊れ物ということになり、歩く速さも、声の大きさも、制限しなければならなかったのである。

こんな状態で高校へ入学したから、もう決して、成績の良い子供ではなくなっていた。結核のせいばかりではなく、勉強をしない子供が成績良くいられる限界が、中学までということも云える。

私は、それを、高校へ入学して一週間で悟った。各校の優秀な生徒ばかりが集まった中に入ると、劣等生とも思えたのである。

しかし、私には、相変わらず学校での勉強をする気は、全くなかった。そのためには、結核という爆弾を抱えていることは、実に好都合であった。全く卑怯なようであるが、何でもそのせいに出来たのである。

頑張ったり、無茶をしたり、特別元気に振舞うことは、私にしてみれば、自殺行為でもあったから、それを適当に使い分けながら、楽に日々を過そうと思うようになっていた。

この中学三年生の時に罹った結核は、私にとって、実に重大な意味合いを持っていたように思える。それがプラスであったか、マイナスであったかということで、計るべきものではない。

東京大学法学部的人生を選ぶなら、マイナスであっただろうし、作詞家とか作家の道に入ってしまったことを考えると、あるいは、プラスであったかもしれない。

ただし、この二つの道が必ずしも両極であるとも限らないし、また、他の選択肢が加わって来る可能性があるのだから、やはり、ある時期のある一事を、そのような計り方をして評価すべきものではないだろう。

私が重大な意味合いと云うのは、壊れ物になっているということ、それに対して、父や母や周囲の人間が、恐れたり、気遣ったり、遠慮したりしているという状況が、私に自由を与えたということである。

全く高校の三年間、私はいいかげんに過した。大学の四年間もいいかげんであったが、それとは少し違っているように思う。

大学の四年間に関しては、完全に自信喪失の時期で、虚無的に振舞うしか自己確認のしようもなかったのだが、その以前、高校の時のいいかげんさには、多少の希望もある。

私は、父の深沢武吉とは全く違う生き方をしたいと願っていたが、それを具体的な思いにしてくれたのが、結核であった。結核は、私が、堕落や怠惰に傾くことを許してくれる大きな味方であった。

誰も何も云わなかった。何か云うと、私が激するかもしれず、激すると血を吐く恐れのある子供に対しては、周囲は臆病になり、結果は寛容になっていた。

周囲もそうであったが、私自身も、自分のからだの中に抱え込んでいる、結核という実に静かな爆弾を、妙な気持で愛していた。

正直云うと、これがあることで辛うじて私で、他と違う人間だと意識出来る。結核菌を胸に巣食わせていないと、全く何の取得もない不成績な高校生で、堕落や怠惰を意識として考えてみることもなかったであろう。

壊れ物だと自分のことを考えることは、なかなか緊張を強いられることで、それが日常となると、自虐的に陶然としたりする。

私は、医者から、ひそやかにひそやかにと云われていたから、だんだん話す声も笑う声も小さくなり、からだのどこかの部分に力を入れるということは、全くなくなっていた。

習癖になったということもあるだろうが、そればかりではなく、ちょっと大きな声でも出そうものなら、肺臓の血管が破れて血がひろがるといった幻覚を、かなり具体的なものとして感じていたことは確かである。

従って、私は、元気だけが誇りと思っているような級友たちとは、なるべく別の世界を持ちたいと思い、出来れば、一人でいられる胎内のような場所がいいと願い、それが映画館の暗闇の中であった。

私は、映画館に通いつづけた。高校三年間で、淡路島唯一の市であるその街の、三つの映画館で上映される映画のほとんどは見た。

それが堕落と云えるかどうかはわからない。第一、堕落の実体がわからない。堕落という言葉が、高校生の私の中で一人歩きしていただけであろう。

映画館の中にいるということは、そこが隔離された暗闇であるだけに、異次元の感覚を持ち得る。それだけで目的の半分は達する。私は、私自身に繋っているもの、係累とか血とか、あるいは、今置かれている常識的な立場から断ち切られる時間が持ち得れば、それでよかったのである。

その異次元の感覚の中で、忍び込んで来る非日常があれば、それに過ぎることはない。それは充分に堕落と呼べる。

私が、私の中でだけ光り輝く堕落という言葉を、具体的に実感した最初は、同じように映画館の常連となっていた光子という女であった。

何者であったのかは知らない。いずれにしても、バーかキャバレーか、もしかしたら、当時はまだあった遊廓の女であったかもしれない。年齢は私よりは十歳は上、つまり、二十代の半ばか、そのちょっと上というように私には見えていた。

三つある映画館の、どこへ行っても出会った。それも私が選ぶ場所と同じ、映写孔の真下という位置に必ずいたから、そのうち親しくなった。

声をかけて来たのは光子の方からで、ちょっとからかってみたというだけに過ぎない。しかし、一度口をきき合うと、その次は何となく期待し合うもので、彼女は、キャラメルをくれたり、煙草をすすめたりし始めた。

その頃、私は、女生徒と口をきくということはめったになかったが、この光子とは、なぜか気楽に、一人前の話し方が出来、自分でも驚くほど饒舌になった。

私は、高校生としてはかなりの数の本を読んでいたし、映画もたくさん見ていたから、話すことはいくらでもあった。架空も実際も関係ない。

「あんた、ほんまに物識りやねえ。それに、びっくりするほどマセてるわ」

と光子に云われて、いい気になったりしていた。そして、何でも知ってる、と云った。

それに対して、光子は、映画館の暗闇の中で、不思議に体温の高いからだを押しつけて来て、女というもの、性というものを誇示しようとした。頭の中だけマセてても、しゃあないやないの、いろいろマセんことには、と彼女は云った。

その光子と、一度だけ海水浴に行った。そこで、冗談めかしてではあるが、接吻された。私は、肺臓に血のひろがる幻覚を見、あかんね、と云った。

もとより、光子とどうなるという関係でもなかったから、それだけのことだった。ただ、私は、その後も、どうしてあの時、あかんねと云ったのだろうと、悔やんでいた。光子は、性そのものの女であった。

悔やんだ理由は、勇気とか、度胸といったことではない。というのは、肺臓が血に染まるぐらいで鎮まるほど、性的欲望は生やさしいものではなかったからである。

私もまた、他の誰もと同じように、十六歳、十七歳という時代、自分は性的に異常な体質ではあるまいかと、悩んでいた。それは理不尽なほどで、ありとあらゆる場で欲情を覚えた。そうなると、自分の意志の力が、どのくらい無力であるかを思い知らされ、このように、時と場を選ばず、意志の力も働かないのは、病気に違いないと思った。

また、自分が、人並はずれた猥褻な人間だと思えることもあって、それならいっそ、憧れに近い思いで考えている堕落と結びつければいいのだが、そうは現実的にうまく運ばない。

映画館の光子などは、性器そのものに見え、その気になればそうなれたものをと、浅ましく後悔しながら、ただただ、悶々はつづいていた。

しかし、これは、男の子なら、誰でもが思うことである。大抵の子は、一度や二度は、自分が異常な体質の色情の男ではないかと悩む。そして、もしかしたら、覗き見とか、痴漢とか、強姦魔になってしまっている自分を想像して、怯えるのである。

何も特別のことではなかったのである。ただ一つ、私に特別なところがあったとするなら、頭の中に詰め込んだマセた知識と、結核による静かな日々、つまり、運動で発散するものが皆無であったために、多少は欲望は強かったかもしれない。

だが、堕落は精神性を持ち得るからいいが、性的欲望にのみ支配されるのは、必ずしも好ましくないと思っていたから大変で、私は、映画館の中、満員のバスの中、時には教室で、いやらしい男になりそうな予感に、困惑していたのである。

私の家は、性とかそういうものに関しては、全く潔癖で、匂いすらしなかった。その家の中で、私は、自分の本性を見破られないようにするかのように、無愛想を貫いていた。

高校の三年間は、堕落と怠惰、結核、異常な欲望、映画館ということで過ぎて行ったのであるから、東京大学法学部などという言葉を思い出すことさえなかった。

32

私は、父の武吉とは全く対極の生き方をしたいと思っていたが、そのことを、父に伝えたことはなかった。そんなことをすると、律義に真面目に、およそ、あざとさとか、狡さとか、欲にかられた野心とか、そういうものとは無縁に生きて来た父を、傷つけることになる。

だから、思春期から青年期にかけての子供が、無慈悲なまでに親を否定し、時に暴力的に反発するのとは、根本的に違っている。

私は、父や母の人生を否定はしていなかった。しかし、肯定したからといって、私もまた同じように生きるということではない。私は、将来何になりたいとも決めていなかったが、何であるにせよ、それは、父の思いもかけないものになるであろうと、考えていた。

表立って反発も抵抗もしない代わりに、日々間遠になって行くような息子のことは、父は気づいていたに違いない。堕落や怠惰を志していることまではわかる筈がないが、もしわかったとしたら、如何に沈黙を決意した父であっても、怒った筈である。

ところで、東京大学法学部であるが、父の武吉は、どの程度に本気で夢見ていたのであろうか。

私の側からすると、高校に入っての不成績で、口にすることさえ憚られるほど恐れ多くなっていたから、あり得ないこととして解決済であったが、父はそうではない。

父の頭の中では、私はずっと、小学、中学を通しての成績の良い子供のままであった筈だから、もしかしたら、思いつづけていたかもしれない。

高校の三年間、私は嘘をつき通し、何だかんだと成績表を見せないで来ていたから、そう考えられるのである。

もし、そうだとしたら、私は父に恥をかかせた。父は非常識を笑われ、無知を責められたかもしれないのである。

高校三年生の秋、大学進学に関する父兄面談日があり、さすがにそれは嘘をつききれなくて、私は父に伝えた。お前が行けと母のきく乃に云うかと思ったら、父の武吉が珍しく、わしが行くと云った。

あとになって母のきく乃は、お父さんはほんまに運の悪い人で、小学、中学の時に学校へ行くのは私ばかり、その代わり、あんたの成績が良うて、褒められて、褒められて、それで家へ帰ってその話をすると、お前ばかりがええ目を見るって怒ってたんよ、それが、高校で、わしが行くやろ、きっと今度は、自分が気持ようなろうと思うてたんやわ、それなのになあ、気の毒に、運が悪うて、とよく話していた。

それだけでも、父が恥をかいたことがわかるのである。

面談日は、土曜日の午後であった。半日の授業が終わって下校しようとする時、校門で父と出会った。

私は、もしや父の武吉は、巡査の制服で現われるのではないかと恐れていたが、そんなことはなかった。父は、焦茶色の三つ揃いの背広を着て、同色の中折帽をかぶっていた。田舎っぽくはあったが、それなりに毅然とし、汚れとか乱れとかを嫌う人の、風格は感じられた。

しかし、小さく見えた。父が小さく見え始めたのは戦後のことで、巡査の制服が、肩章の付いた詰襟から開襟の形になった時、畏怖と威厳が薄れて小さく見え、今、こうして、普通の背広姿を見ていると、全くの小男だった。それに父は、やがて五十四歳になる。年齢も感じさせた。

私は一瞬、このまま、下校する生徒たちに紛れて行き過ぎようかとも思ったが、それも心ない仕打のように思え、歩み寄ると、場所わかるか？　と云った。

父の武吉は、わかるやろ、お前三年二組やったなと確認し、それから、駅で待っとれ、二時には行けるやろ、と云った。

その当時、淡路島には鉄道があった。東海岸の市から、鳴門海峡の渡り口の町まで、玉葱畑の中を玩具のように走る電車で、従って、市には駅があった。そこはまた、バスターミナルにもなっていたから、駅で待っとれは、一緒に帰ろうということでもある。私は、少し早目に駅へ行った。昼食代わりにうどんを食べ、書店を覗き、映画のショウケースの中のスチール写真を眺めたりしていたが、落着かなかった。

駅の裏はすぐ港であった。出荷の玉葱が積み上げてあるのか、強烈な匂いを発していた。よく晴れたいい天気であったが、風にもう冷たさが混っており、秋であった。私は、一度港のはずれまで行き、戻って来た。

父はたぶん、いや、おそらく間違いなく、担任教師の前で恥をかいている筈であった。まさかとは思うが、どこの大学を志望しますかと問われて、東京大学法学部と答えているかもしれない。

そうすると、若い担任教師はどう反応するだろう。唖然とすることは間違いない。親とは愚かな者で、自分の子供は誰よりも秀れていると思うものだなと呆れ、そして、親とはなんて有難い存在なのだと、皮肉に感じている筈である。さらに、この父と子の日常の会話や接触は、一体どういうものなのだろうと不思議がるであろう。

あるいは、若い担任教師にとって、東京大学法学部は聖域に近い感覚で受けとめているから、愚弄されたように思うかもしれない。早稲田、慶応なら、まず可能性があるでしょうといえるレベルの生徒の親が、ここで一つ頑張らせて東京大学をと云うのなら、激励の仕方もあるだろうが、私の場合は到底そこまでも行かない。

学科の成績だけを見ると、劣等のレッテルが貼れる。辛うじて、もしかしたら、まるまるの馬鹿ではないかもしれないと思わせたのは、作文と国語の朗読と、社会の時間に嘲笑うようにひけらかす雑学の知識と、ＩＱテストの結果だけである。これは、担任教師だけではなく、全校生徒を驚かせ、深沢健太は決して馬鹿ではないという評価にはなっていた。その程度のことである。

しかも、いずれも受験とは関係ない。受験科目で検討してみると、辛うじて落第点ではないというものであったから、もしも、父の深沢武吉が、東京大学法学部などと云おうものなら、担任教師は仰天する筈であった。

担任教師が、真面目に現実を説けば説くほど、父の武吉の夢は壊れ、矜持は傷つくに違いない。現実的対応を教示することは、担任教師の責任であり、親切であるとしても、深沢武吉の身の置きどころのない恥ずかしさを、癒すことにはならない。

父は、その恥をどう処理するだろうかと考えると、私は、全く落着いて待っているという気持ではなかった。

「駅で待っとれ」

と云った父の言葉は命令口調ではあったが、どこか弾んだものを感じさせた。それは、何ら悲惨な結末を予測していない昂揚で、父と子で何らかの時間を共有することを、楽しみにしているようであった。

私は、何度も、このまま逃げ帰ろうかとも思ったが、それも意味のないことなので、待つことにした。しかし、二発や三発撲られることはあるかもしれないと、その覚悟はしていた。もし、顔を合せた途端に、問答無用で撲ってくれるのなら、何より楽なように思えた。

そういえば、父の武吉は、私を撲らなかった。兄の隆志は撲られつづけ、時には、姉の千恵までひっぱたくということがあったのに、私のことは撲らなかった。

それは、私の性格というだけではなく、やはり、サーベルを返上し、竹刀を燃やしたことが関係している。

父の武吉はその時点で、自分の内なるものの何かに、諦観の封印をしたのである。それは、私にもわかっていた。しかし、生き方の変更を決意したような封印も、今日は切ってもよいと考えるほど、怒っているに違いないと、私は思っていた。

私は、父が何とか、東京大学法学部ということを云わないでいてくれたらと、願っていた。私のためではなく、父のためで、これが、どこか国立の大学をと云っただけでも、そのあとに来る恥の大きさは違う筈である。

早く行き過ぎたこともあって、待つ時間はたっぷりとあった。駅の近辺にいると、級友たちとも顔を合せ、何しとるんや？　と訊ねられると、それなりの答もしなくてはならなくて面倒なので、私は港をまた歩いた。

汽船の発着場があり、それを通り越して突堤の先端の方へ向うと、港から一本裏の通りが遊廓のある地帯で、さすがに真昼間は寝呆けたような感じで、人通りもなかった。

遠目にそれらを見て、私はまた、ゆっくりゆっくりと引き返す。

すると、堕落という言葉が思い浮かぶ。今そんな場合でも、立場でもないのに、頭を掠める。たとえば、映画館で馴染みの光子というのは、ここで働く女なのであろうかとか、そして、なぜ、あれほどの欲求の性を彼女で確認しなかったのだとかである。私は、強く堕落を念じながら、この場に足を踏み入れてもいなかった。

そんなことを考えながら歩いていると、全く唐突に、兄の隆志のことを思い出した。隆志は、神戸の軍需工場にいた十五、六歳の時、乱れた生活をしていて父の逆鱗に触れ、それが結果、志願兵の道を選ばせた。

兄の乱れた生活とは、どの程度の堕落であったのだろうか。生命で償うほどのものであったとは、とても思えない。もしそうなら、今の私だって、それらを強いられておかしくない。

私は、ブツブツと独り言を呟きながら、それは、出征の前夜、兄が何度も、「大きい声で、はっきりと」と自分で自分に命じながら、挨拶の言葉を暗記していたものを、なぞっているのであった。

港の岸壁を何度か行き戻りして駅へ行くと、降りそそぐ秋の光の下、中折帽に三つ揃いの背広姿で、堂々の歩調でやって来る父の深沢武吉が目に入った。しかし、なぜか、校門で出会った時より、さらに小さくなっているように思えた。

33

父の武吉は、私の顔を見るなり、

「せっかくやから、映画でも見て帰るか」

と、予想もしないことを云った。

撲られるかもしれないとさえ思っていた私は、肩透かしにあったような気持で、え？と問い返し、しげしげと父の顔を見た。父の表情に怒りはなかった。気難しさは相変わらずだが、何かサバサバした感じさえ窺えた。

担任教師との面談が、よほどいい形で進んだのかとも考えたが、それはある筈もないことであった。父の恥は、如何に楽天的に思っても、否定出来ない。

とすると、父の中で解決がついたということである。高校から駅までは、バスの停留所にして三つの距離、歩くと三十分はかかる。時間をかけて歩く間に、父の中で、怒りや屈辱や落胆が鎮まって行き、しゃあないかなのか、やっぱりななのか、落着くべきところに落着いたということであろう。期待しなければ、がっかりもしない、という考え方になったかもしれない。

その時の父の武吉の気持の変化は、全く確認のしようもないのだが、いずれにしても、儚い幻想は振り切り、あの若い警察署長が出現する以前の、諦観の色濃いものになった。そんな気持にさせた当事者の私としては、その程度のことしか云えないのである。

「映画や。たまにはええやろ。まだ、時間もある」

と、重ねて父が云うので、私は、何がええかな、何でもええか？　と云った。父は、何を見たいということでもなく、ただそういう時間を持ちたいだけであったようで、何でもええ、お前が選べと云い、結局、松竹と東映系を上映している映画館で、「二十四の瞳」と「人生劇場望郷篇・三州吉良港」というのを見た。

私は、今までにずいぶんたくさんの映画、それも万ははるかに超える本数を見ているが、この時の二本立ほど、落着きの悪かったものはない。

木下恵介監督の「二十四の瞳」が、どのように高い評価をされようが、高峰秀子の演技が、如何に光ったものであったと絶賛されようが、私にとっては、影にしか過ぎなかったのである。

私は常に父の気持を探ろうとして、疲れきっていた。かといって、あっけらかんと面談の様子を訊ねるには、予想される状況が悪過ぎる。間違っても担任教師が、父が安心したり、希望を持ったりすることを云う筈がなかったからである。

全く身勝手な思いようなのだが、これなら、かつての父が兄の隆志に対したように、思いきり理不尽な折檻を加えてくれた方がよかった。少なくとも気持はわかるし、詫びようもある。また、説明も出来る。しかし、父は、穏やかとも見える顔で、映画でも見て帰るかと云い、今並んで実際に映画を見ている。

私は、とりあえず詫びたかった。成績の悪さをではなく、恥をかかせたに違いないことを、申し訳ないと伝えたかった。そして、出来れば、東京大学法学部ということを口にしたかどうか、確かめたかった。

「二十四の瞳」が終わって場内が明るくなると、父の武吉は、ええ映画やったと云い、小豆島の寒霞渓《かんかけい》というのはそりゃあきれいなところや、警察の旅行で以前に行ったんやが、と表情を和ませた。

その表情の柔らかさにつけ入るようにして、私は、成績悪うて済みませんでした、と頭を下げた。

「成績悪いのは恥やない。けど、三年も顔を合せていて、何の値打もないと思われとるのは恥やぞ。これは三年かかってお前が作った評価やから、お前が雪《そそ》げ。すぐでのうてもええ。何十年か後でも、ただの馬鹿やないと思うてましたわ、と云わしてやれ。わしが云いたいのは、それだけや」

と、父は云った。それから笑いながら、東京大学法学部はお前に似合わん、いや、似合うかもしれんが、お前が似合いたくないと考えとる、官僚やら保守や安定を恥やと考えとる、無理して無理して、そっちへ向おうとしている、まあ、それもええ、それでどこの大学を受けるつもりにしているんや、と訊ねて来た。

映画館の客席では、半数近い人が煙草を喫っていて、ちょうどスクリーンの高さのところで、雲のように煙の塊がたなびいている。私は、それを目で追いながら、明治大学と云った。

父は目を閉じた。そして、明治か、担任の先生の云うところの、とても無理やと思うという大学の中に、明治も入っとったが、やってみい、お前が馬鹿じゃないことはわしが知っとる、と云った。

私は、確かにありがとうと云ったのだが、それは声にはならなかった。ただ、不出来を父に悟られたことが、何とも恥ずかしく、しばらくは顔を上げられなかった。

次の「人生劇場望郷篇・三州吉良港」は、父の武吉はほとんど眠っていた。逆に、私は、どういう形であれ父と話をしたということ、そして、まだ不名誉を雪ぐ機会は、明治大学を標的として残されているということで気楽になり、身を入れて映画を見た。しかし、残念ながら、作品的にさほど面白いものではなかった。

映画館を出て、バスターミナルまで行くと、最終バスまでまだ時間があるので、父と私は、駅前のお好み焼き屋へ入った。私は、時間があると、ここで腹ごしらえなどよくしていたが、父は、こういう場所は初めてのようであった。

父は酒を頼んで飲んだ。お好み焼きは私が焼いた。妙に和やかだった。私たちは、すっかり打ち解けた気楽な父と子になって、あれこれ話した。

その饒舌な気分は、帰りのバスの中までつづく。笑いながら駐在所へ帰って行くと、母のきく乃は、まあまあ、親子そろうてご機嫌で、学校でよっぽどええことがあったんやろか、と云ったが、それは、とんだ見当違いだった。

しかし、私は、お父ちゃんな、昔、霧立のぼるという女優のファンやったんやて、と場違いなはしゃぎようで話した。父の武吉は、お好み焼きを食った、と云った。

父の深沢武吉が、息子である私に対して、自分のことを話したり、また、私の生き方に関して希望めいたものを述べたのは、その時だけである。映画館とお好み焼き屋と帰りのバスの中で、それは話すともなく話された。

その時点で私が、それをどのように理解していたか定かではない。私は十七歳の少年以上でも以下でもなく、父とか、家とか、さらに私には、淡路島という根付かないことを条件とした土地とか、いろいろと拘束から逃れたいものがあったから、多くのことは聞き流していたかもしれない。

ただ、父と、心を通わせて語るということを照れて遠ざけていたから、偶発にしろ、その雰囲気になったのは、嬉しくないわけがない。それだけのことだった。

父はこんなことを云った。それには、これはな、わしがこうやったということや、お前にこうせえということやない、けど、親父と真反対に生きて、それが成功やら幸福に繋ると思うのなら、わしが守ったことを全部やめたらええ、という云い訳が付いていた。

「誰に強制されたわけでも、教えられたわけでもない。長い長い人生を生きている間に、極く極く自然にわしの中に生れて来た、恥ずかしさのようなものがある。自分で自分に気がついた、ということかな。その恥ずかしさは、脅されても、金を積まれても、とてもわしには出来んと思えることで、それなら、いっそ、これを守り抜こうと決心したことや。難しいことでも何でもない。当り前のことや。要するに、他人に見せたらあかん五箇条ちゅうもんやな。ええか、その五つとは、一つ、金を算えとる弛んだ顔、浅ましい顔を他人に見せてはいかん。一つ、物を食べる姿や顔というものは、育ちや本性が現われてしまうもんやから、それも他人に見せたらいかん。一つ、便所へ入って、糞や小便をしている姿、いや、姿というより、自分ではどうにもならない恍惚の顔を、他人に見せたらいかん。一つ、嫉妬、ヤキモチやな、人を妬んで、心の中の醜さが鬼のように噴き出した顔を、他人に見せたらいかん。一つ、男と女が媾合する顔は、決して決して、他人に見せてはいかん。この五つや。どや、健太、これがお前の父、深沢武吉の信念や。一方から云うたら枷や。けど、わしは守る値打があると思って守った。それだけを知っておいてくれ。お前に守れということではないがな」

これに代表されるものが、父がしばしば使った恥ということであろうかと、私は思った。しかし、肯定したわけではなかった。おそらく、どちらかの選択を強いられたら、この五箇条を全部破るという方を選ぶだろうとも、思っていた。何しろ、私は堕落と怠惰に憧れていたのである。

父の武吉は、私が自分の道を選んで、たとえ、それが、幻想や夢想であろうが、遠くへ行こうとしていることを嘆いてはいなかった。むしろ、そのことに関しては喜んでいた。

「お前は、子供の時から、箸を長く持っとったな」

と、父は思い出して、笑った。

箸を短く持つ子は親の近くにいて、箸を長く持つ子は親から離れると、いつだったか伯父の忠義が云った時、妹の登喜は慌てて短く持ち、私は大急ぎで長く持ち替えたと、父は云った。

それに、親に似ていないと云われると隆志は悩み、お前は妙に嬉しそうだったと、さすがに親といおうか、細かい観察をしていた。

私は、その時、父が、どうせ故郷を棄てるのなら、なぜ東京まで行かなかったのか、ミシンを踏み、一筆画を描き、鮮やかな包丁捌きを見せ、村芝居の花形だったという遊び心や器用さを、どんな理由があって封印してしまったのか、それは、いつか見せてくれた頭の大きな傷と関係あることかと訊ねたが、似合わんことはやらなかっただけや、と答えただけだった。

「俳句も作ったやないか。覚えてる。この子らの案内頼むぞ夏蛍」

「知らんな」

それから父は、私の堕落願望を見透かしたように、お前の自由に生きたらええが、似合う、似合わんで云うなら、お前、国民学校一年生で腹を切ると騒いだ体質や、わしは、あの時、こいつチビでもやりまっせと云うた、そういうこともあったということを、忘れん方がええかもしれん、と云ったのである。

その夜を最後にして、私たちはまた寡黙な父と子に戻り、それは、不仲ということではなく、当り前の形として、深沢武吉が死ぬまでつづくのである。

昭和三十年三月三十一日、深沢武吉は、いつか鶴田新八に宣言した通りの日に、兵庫県巡査、いや、辞令上は昇進して巡査部長を辞職した。

私は、明治大学に合格して東京へ出た。姉の千恵は、神戸で自分の人生を見つけると残った。父の武吉、母のきく乃と妹の登喜は、根を付けるために宮崎へ帰った。

34

父の深沢武吉の通夜、葬儀とものの寒さは語り草になっている。何かというと、それにしても、あの日の寒さといったらなかったね、という話になるのである。

まあ、特別の寒波ではあったのだが、いずれにしても、老人の葬式は寒いか暑いか、あまりうららかな葬式日和というのは記憶にない。

しかし、父の葬儀は、その寒かったことを除けば、全く盛大な華やかなものであった。喪主の私が不在ということもあって、私のオフィスの人間や友人たちが、最大限に頑張ってくれたからである。

私が作詞家阿井丈として派手に仕事をしていたこともあって、歌手やタレントや作家、あるいは、レコード会社、テレビ局、出版社といった目を惹く花輪が寺にあふれた。境内では収まらずに、横須賀線の線路ぎわまでずらりと並び、電車が徐行したなどという話にもなったが、それは嘘であろう。

とても、半生以上を淡路島の片田舎で過した、巡査の葬儀とは思えなかった。そして、父の性格や人生観からいっても、晴れがまし過ぎた。

私と妻の優子は、羽田空港から、まるで拉致されるように、横浜の自宅近くの蔵前寺に連れて来られていた。自宅へも寄らずに直行だった。夫婦ともに、寺へ向うには不謹慎とも思える旅仕度のままであったが、時間がなかった。

そこで、私は、着せ換え人形のように、紋付きの羽織に袴という姿をさせられた。途中で母のきく乃が、姉の千恵と妹の登喜に支えられるようにして入って来て、こんなことになってしもうて、あんたはおらんし、と泣いた。

「どうしたんだよ。一体？」

私は、母や姉や妹が父を見殺しにしたとでもいうように、責めた。もちろん、そんなことは真意ではなかったが、そうでも云わなければ、話の継穂がなかった。

「元気で、ご機嫌もよかったんやけど、急にね。あんたに会いたがっていた」

と、母のきく乃が答えた。健太、健太ってね、とも云った。

私は、それは嘘だと思った。父が私に会いたい気持を持っていなかった、ということではない。急性心不全で、本人も死を意識しないままに死んだのであるから、その後、健太、健太と呼べる筈がないのである。

母のきく乃が愁嘆場を作るために、そんな嘘を考え出したとも思えない。これは母の幻想であるに違いない。何しろ、一月七日に父は死に、その夜は仮通夜、翌日も仮通夜、遺体を関西から横浜へ運んで、その夜も仮通夜、そしてやっと、今夜ちゃんとした通夜を行なおうとしている。

頼りにするべき喪主の私は外国旅行中で、いろいろ決断を下しかねるところもあって混乱し、それに空想も混って、そんなことを云ったのであろう。

父の武吉が、おそらく、一瞬にしてこの世を去ったであろうということは、棺の蓋を取って対面した時に、わかった。父は穏やかなきれいな死に顔をしていたが、アッと叫んだように口を開けていた。

それは、どう見ても、アッという口の形であった。何かに驚いたような、失敗に気付いたような、予想もしていなかったことに直面して発する声、つまりは、アッとしか思えない。とてもこのあと、健太に会いたいと、しみじみ語るなどは考えられなかった。

しかし、それはどうでもよかった。私は、崩れそうになっている母のきく乃の肩を抱き、姉や妹には、留守にしていて面倒をかけたことを詫びた。

「皆さん、ほんまにようしてくれて。花輪もあんなにいっぱい飾られて。お父さん、喜んでるわ、きっと」

と、姉の千恵が云った。妹の登喜もまた、同じような言葉をくり返し、それから、あらためて母のきく乃に、よかったなあ、お兄ちゃんが帰って来てくれて、と云った。

通夜は全く寒かった。本堂に座っていると、からだがそのまま凍りそうで、足も痺れた。私たちも寒かったが、焼香に訪れてくれた人たちの長い列が、それぞれの吐く息で白くなっているのを見ると、気の毒に思えた。

私も妻の優子も、結構苦労してパリから駈けつけたということもあって、まだ、妙な昂揚の中にあった。どこか、架空だと思っているところがあって、それほどの悲しみに至らない。本堂から、焼香してくれる人々に礼を返しながら、極く親しい人の顔を見かけると、思わず笑いかけようとするなど、架空の証拠であった。

通夜の読経と焼香が終わると、食事になった。異常な寒さの中での通夜であるから、それぞれ焼香を済ませると急いで帰ってしまうのではないかと気遣ったが、大勢が残ってくれた。

当然のことに、仕事関係のつきあいの人が多かった。私を深沢健太と見ているより、阿井丈として知っている人々が、ほとんどであった。

深沢武吉と生前面識のあった人は、身内を除くと、ご近所の数人の人々だけであった。しかし、かといって、深沢武吉を思わない人々の集まりというわけでもなく、みんな、父のために来てくれていることには違いない。

食事の座は、祝宴の席のように賑やかになった。笑い声も無遠慮なほどに響いた。無作法ということではなく、沈んだ空気を何とか盛り上げようとするのが、彼らの誠意であった。

まず、この寒さは何事だということになる。パリはどうだったと訊かれるから、パリの寒さと暗さを話す。それから、花輪の数の話、横須賀線の電車が徐行しながら見物して走ったという嘘話。かと思うと、お経が長過ぎた、お布施をはずむのはいいが、経は有難いところだけと云うのが常識だと、寺との交渉にあたったオフィスの社員を責める声。

そして、肝心の深沢武吉の話だが、誰かがいみじくも、身内の話などついぞしない人だから、阿井さんは、てっきり孤児だと思っていた、ということに尽きる。

私は、その食事の席で、場違いのように静かに酒を酌み交している老人二人を見付け、銚子を持って近付いて行った。

伯父の忠義が、はるばる宮崎から来てくれていた。もう八十歳も近い筈であるが、色艶もよく、目の光も強く、父の武吉より数段も若々しく見えた。ただし、頭は、まるで陶器のように見事に輝いている。

「遠いところ、有難うございました」

と、私が頭を下げると、なんせパリからと同じくらい時間がかかると笑い、お前の親父には責任があるんでな、葬式ぐらいは来るよ、と云った。伯父は、子供の頃、父の頭を鍬で割ったことを、六十数年過ぎても思っているようで、平巡査で終わらせてしまったからな、と顔を曇らせた。

しかし、若くて元気ですね、という問いかけには、わしはこの年齢だが、孫を何人も育てている、この孫の親たち、つまり、わしの息子や娘たちは、満州の苦労が祟《たた》ったのか、早死にしたり、何やかやで、責任がわしにかかってしもうてな、死ねんのだ、まだ死ねん、と元気を示した。

もう一人は、老人と呼ぶには気の毒なほどの、血色のいい、恰幅もまた堂々たる人で、

「覚えていてくれるかな。鶴田新八や。あんたの兄さんの肖像画を描いた。あんたの親父さんには、最後まで逐電の巡査、闇屋扱いで、近寄らせて貰えんかったが」

と、見覚えのある、その昔、狡猾とか、女衒のようだと思った顔で笑った。おそらく、鍼灸が出来、肖像画が描け、闇屋にもなれて、時代を見るに敏な器用人は、成功したのであろう。倍ほども太って、悠々と見えた。

私は、覚えていますとも、父はどんなことを云ったか想像はつきますが、たぶん、長い巡査生活の中で、たった一人の友人だと思っていた筈だと信じています、と云った。

私は、二人の前に腰を据えて飲んだ。他の人たちは、それぞれ盛り上げることも、気を遣うことも心得た人たちであるから、私がいなくても大丈夫だった。

それに私は、伯父の忠義と鶴田新八元巡査が来てくれたことで、これは間違いなく深沢武吉の葬儀だという思いになり、安堵していた。

父の武吉の話がいろいろ出た。鶴田新八は、とりあえず、私が阿井丈として活動出来

ていることを、父がどんなに喜んでいたかという話をした。

「さあ、それはどうですか」

私は云った。父が手放しで喜んで見せたことはない。もちろん、苦情を云うことも、批判めいたことを伝えて来ることもなかったが、果して本気で喜んでいるかとなると疑問で、どこかで、恥ずかしがっているような気もしていた。

「喜んでたよ。間違いない。自慢もしてた」

話を引き継いだのは伯父の忠義で、お前の親父が、お前を誇ったり、お前に甘えたり、素直な形で出来ないのは、戦死した隆志に悪いと思っているからだ、と云った。

「弟ながら、面倒くさい男でな。わしが頭をかち割ったせいで、ああなった。まず、自分を低く見る。しかし、他人から低く見られるのは耐えられない。だから、せめて、きれいに生きたいとする。わしのせいや、何もかも、わしが」

「伯父さんのせいじゃありませんよ」

「そうかな」

「そうですよ。そういう人です。一度だけ、ぼくの歌を褒めてくれたことがありますよ。遠慮しいしいといおうか、恥ずかしがりながらといおうか、品がいいねって」

「それが何よりだよ。品がいいのか。ところで、親父と対面したか」

「ええ、アッと云ってました」

その時、私は、初めて涙を流した。鶴田新八が、まあ、あんたも飲みなさい、と酒を注いでくれた。

広い座敷にストーブが三つ、あかあかと燃えていたが、雪見障子のガラス窓から見える寺の樹林は、蒼ざめた絵のように寒そうだった。

翌日も、よく晴れたが寒かった。

告別式も、また大勢の人が来てくれた。

出棺前に、最後のお別れをと云われ、私は棺の蓋をずらして貰い、父の白髪の多い頭に手をさし込んだ。確かに指先にひっかかるものがあった。髪をかき分けて見ると、色褪せかけた傷の痕があった。

そして、この、頭を割った大きな傷は、父にとって何だったのだろうかと思った。

私は、目を閉じて合掌した。やがて、石で棺に釘を打ち、もう二度と対面は出来ない関係になった。

火葬場の高い煙突から流れる煙を見ながら、私は、深沢武吉という、全く何の冠も持たなかった巡査の、そして、私の父の、諦観と威厳について考えていた。

（完）

本書刊行の経緯

『無冠の父』は、阿久悠の手になる長編小説のなかで唯一の未発表作品である。一九九三(平成五)年の九月から一一月にかけて執筆され、完成稿が編集者に渡されたが、改稿を求めた編集者に対して阿久悠は原稿を戻させ、以後、二〇〇七年八月に歿するまでこの作品についていっさい語ることはなかった。

二〇一一年一〇月、阿久悠の母校、明治大学の駿河台キャンパス内に阿久悠生前の業績を顕彰する記念館が開設されることになり、自宅に遺された品を関係者が整理したところ、書斎の棚の奥からこの未刊行作品の原稿が見つかった。遺族の了解を得て、このたび刊行することとした。

(編集部)

二〇一一年一〇月一三日当時

解　説

長嶋　有

平成が終わるらしい。

三十年余、大きな戦争に放り込まれたわけでない、「激動」と修辞をつけるほどでもない。だが大きな災厄もあったし、それなりの三十年だ。いろいろと感慨は湧く。

一方で、腰の据わらないような、落ち着かない気持ちがある。かつて不意に昭和が終わったときのようにではない「あらかじめ予告された」今度の更新に、戸惑いがある。生前退位に反対ということでは決してないのだが、昭和が平成になったときのように、予告なく不意に——言語的に——時代が断ち切られる、そのことへのうっすらとした覚悟のようなものを抱いていたから、今は拍子抜けなのだ。

本書は「昭和」をテーマの中心に据えて書かれたものではない、作者の極私的な回想の小説だが、大きく昭和という時代を俯瞰してみせてくれるものにもなっている。それも、大きな年月を太い線を引くように語るのでなく、素朴な手つきで、一つの点、ある男(作者の父親とおぼしき人物)の変節を丹念に描くやり方でだ。

本書を読む前から勝手に、ここにはきっと「昭和」が書かれているんだろうと予想はしていた。井上ひさしやつかこうへい、そして阿久悠といった、センセーショナルな仕事を長きに亘ってなしとげ、なおかつ昭和という時代をどっぷり生きた先達には、尊敬の念にうらやましい気持ちが交ざる。

すごく単純にいうと「語るに足る」時代を持っているとでもいおうか(僕も昭和の生まれではあるが、語れるのはテレビゲームとかガンダムくらいだ)。

戦争時代を体験したかった、という言い方をしてしまうと不遜だし、さすがにそんなことを思っているわけではない。バブルのころ上の世代から「苦労知らずの若者」とひとくくりに言われ続け、苦労を知らないことがコンプレックスになり、むやみに清掃とか厨房の皿洗いのような(トレンディでない)バイトばかりを選んだ。そこには「だって、仕方ないじゃないか」という「切れ」気味の怒りがあったが、戦争経験に対しても似た思いがある。

しかし、優れた先達は決して戦争経験を、下の世代に対してのマウンティング(これは平成の時代が生んだ、新しい便利な用語の一つだが)や説教としては用いない。本書に出てくる「評」の言葉に「品のいい」があるが、まさにその品のよさを、この読書中にずっと感じ続けた。

ここで(今度は本当に)不遜なことを書くが、作中の作詞家阿井(阿久悠本人であるとわざと思わせるように書かれる)に、彼の父が放った「品のいい詩を書く」という評は――それが阿久悠の作詞についてだとしたら――これまでの僕にはぴんとこないものだった。

阿久悠の手掛けた曲は、当時爆発的に普及していったテレビメディアでウケる歌謡であり、つまり、歌詞もまたテレビ的なけれんに満ちていた。ピンク・レディーやフィンガー5はもちろん、沢田研二や岩崎宏美の曲も、豪華なセットを背負って歌える、派手なけれんを伴っていた。幼稚園児だった僕でも「私ピンクのサウスポー」や「シンデレラハネムーン」と喜べる、着色料でくっきりと色づけたキャンディの印象であり、食べたい味だけどそれは決して「品がいい」ものとは思わなかったのだ(もちろん、彼が活躍して耕したテレビ的な歌の世界がなければ、後の秋元康やつんくの活躍もなかったろう、偉大なことと思うがそれはそれとして、だ)。

対するに、この小説には、彼の作詞にも感じるけれんと同質の、輪郭のくっきりした分かりやすさは感じるものの、短い分数《ふんすう》で披露が終わる歌謡曲とは異なった割り切れなさ、繊細さが満ちている。主人公の阿井が、死んだ父の回想をする前にまず、父母を回想する行為の恥ずかしさについて語る冒頭にいきなり繊細さが表れている。ただ恥ずかしいと断じるのでもなく、なぜ人は父母を語りたがるのかを冷静に考察してみせながら、慎重に回想へと歩を進める手つきは、センセーショナルなけれんとは遠いものだ。

その「手つき」は全編に感じられる。たとえば、戦争が進むにつれて貧しくなる食事の中身と子供らの食欲、鉄製のものが代用品に置き換わっていく様子などを語るが、短く端的で、少しも悲痛めかさない。自分が経験した戦争なんて特に悲惨と呼べるものではありませんよ、という謙虚さもあろうが同時に、己の書くべきことに精確たらんとする姿勢が強くうかがえる。ひもじさや辛さは、伝えたいことの本筋ではないから強調しないのだ。

「巡査の子供」という境遇の者だけが感じるであろう独特な事々について作者は「不運とか不幸というのではないが、決して気楽ではない。厄介というのがあたっている」というような言い回しをする。「あたっている＝すなわち正しい」ものを探す手つきで、常に慎重に言葉をあてがいつづける。巡査の子供の特異性をただ面白がって「友の会」を作ろうという向きに主人公の阿井がおおいに気色ばんでみせるが、私小説的な意味合いとは別の意味でも阿井と阿久の「手つき」は重なっている。その手つきは、縮尺の粗い地図ではただの森としか分からないものを、分け入って分け入って一本一本の木を撫でるようにしながら語るものだ。

とはいえ、樹木の肌を撫でまわして悦にいるのが本書の目的でもなく、そうしながら、やはり森をみせようという奮闘でもある。

先の「友の会を作りましょう」と安直に面白がってしまった端役のことをまるで言え

ないのだが、本書を読むと、巡査という職業の特異性に次々気づかされて、いちいち感心してしまう。サーベルをカチャカチャ鳴らしながら、共同体に疎まれ畏怖されて、巡査は歩くだけでさまざまな「意味」を振りまいた。ただ田舎の人は排他的だとか、権力を持った者は恐ろしいといった紋切り型ではない、ディテールに満ちた関係が活写される。阿井の目も手つきもいいし、モデルになった父が(これもよくない言い方だが)「恰好の」サンプルのようでさえある。

そのサーベルが警棒に変わる。ここでも読者は素朴に感心する。端的に、大きな時代の変節が象徴された。

その変節は緩慢にでなく一気の、不意打ちによるものだった。「終戦」もまた、先に話した「改元」と同じだ。本書を読んだ後の僕が僕なりに、最も正しいと思う言葉を用いると、それははなはだ装置的な一日だった。玉音放送は同じ一日に、同じように不意に、全員が聞かされた。田舎の家々の津々浦々まで念入りにだ。

うらやましい。そう思うのは長く悲惨な体験に対してではない、その一点の不意打ちを、(日本人)全員がくらったというその「共有」に対してだ。

無駄のないエピソード選びの続く本書にあって、その日の天気を執拗に気にするところだけが、独特で切実な「無駄」だ。二〇一七年に大ヒットしたアニメ映画『この世界の片隅に』でも終戦の日は快晴だったし、他の多くの映画やドラマでも青空として描かれる。作中の阿井が調べたことが事実だとしたら、そのこと(誰もが快晴と覚えたこと)は彼らが誰とも示し合わさずにごく自然と「共有」した気持ちをむしろ示している。我々は今、インターネットでつながり、多くの情報を共有できているようだ。だけどそれはただの情報だ。不意打ちのなにかを喜んだり驚いたり(悲しんだり)、そういった情緒や勘違いを必ずしも共有できるわけではない。だから先の大震災で多くの人と共有した(と感じた)ことを、僕も書き留めておかなければいけない、努めて精確に。これは本書を読んだことで湧いた気持ちである。平成は終わるが、けれんとも、良かったとか悪かったとも無縁に、書くべきことはある。

サーベルと警棒、そのどちらにも、決して心から馴染んだわけではない男の、恥の気持ちに寄りそう語りを読み終えたとき、この社会で出世したとか、なにかを成し遂げたという物語的な結果とは別種の「品」を我々は受け取ることになった。本書を読んだ後では、阿久悠の手掛けた歌謡曲を見る目(聞く耳か?)もまた変わってきそうだ。

(作家)

本書は二〇一一年一〇月一三日、岩波書店より刊行された。

無冠の父

2018年7月18日　第1刷発行

著　者　阿《あ》久《く》　悠《ゆう》

発行者　岡本　厚

発行所　株式会社　岩波書店
〒101-8002 東京都千代田区一ツ橋2-5-5

案内 03-5210-4000　営業部 03-5210-4111
現代文庫編集部 03-5210-4136
http://www.iwanami.co.jp/

印刷・精興社　製本・中永製本

© Yu Aku 2018
ISBN 978-4-00-602299-0　Printed in Japan

岩波現代文庫の発足に際して

新しい世紀が目前に迫っている。しかし二〇世紀は、戦争、貧困、差別と抑圧、民族間の憎悪等に対して本質的な解決策を見いだすことができなかったばかりか、文明の名による自然破壊は人類の存続を脅かすまでに拡大した。一方、第二次大戦後より半世紀余の間、ひたすら追い求めてきた物質的豊かさが必ずしも真の幸福に直結せず、むしろ社会のありかたを歪め、人間精神の荒廃をもたらすという逆説を、われわれは人類史上はじめて痛切に体験した。

それゆえ先人たちが第二次世界大戦後の諸問題といかに取り組み、思考し、解決を模索したかの軌跡を読みとくことは、今日の緊急の課題であるにとどまらず、将来にわたって必須の知的営為となるはずである。幸いわれわれの前には、この時代の様ざまな葛藤から生まれた、人文、社会、自然諸科学をはじめ、文学作品、ヒューマン・ドキュメントにいたる広範な分野のすぐれた成果の蓄積が存在する。

岩波現代文庫は、これらの学問的、文芸的な達成を、日本人の思索に切実な影響を与えた諸外国の著作とともに、厳選して収録し、次代に手渡していこうという目的をもって発刊される。いまや、次々に生起する大小の悲喜劇に対してわれわれは傍観者であることは許されない。一人ひとりが生活と思想を再構築すべき時である。

岩波現代文庫は、戦後日本人の知的自叙伝ともいうべき書物群であり、現状に甘んずることなく困難な事態に正対して、持続的に思考し、未来を拓こうとする同時代人の糧となるであろう。

（二〇〇〇年一月）

B242-243
現代語訳 東海道中膝栗毛(上下)
伊馬春部訳
弥次郎兵衛と北八の江戸っ子二人組が、東海道で繰り広げる駄洒落、狂歌をまじえた滑稽談あふれる珍道中。ユーモア文学の傑作を現代語で楽しむ。〈解説〉奥本大三郎

B244
愛唱歌ものがたり
読売新聞文化部
世代をこえ歌い継がれてきた愛唱歌は、どのように生まれ、人々のこころの中で育まれたのか。『唱歌・童謡ものがたり』の続編。

B245
人はなぜ歌うのか
丸山圭三郎
言語哲学の第一人者にして、熱烈なカラオケ道の実践者である著者が、カラオケの奥深さ、上達法などを、楽しくかつ真摯に語る楽しい一冊。〈解説〉竹田青嗣

B246
青いバラ
最相葉月
〝青いバラ〟=この世にないもの。その不可能の実現に人をかき立てるものは、何か?バラと人間、科学、それぞれの存在の相克をたどるノンフィクション。

B247
五十鈴川の鴨
竹西寛子
表題作は被爆者の苦悩を斬新な設定で描いた静謐な原爆文学。日常での何気ない驚きと人の不思議な縁を実感させる珠玉の短篇集。著者後期の代表的作品集である。

2018.7

B248-249
昭和囲碁風雲録（上・下）
中山典之

隆盛期を迎えた昭和の囲碁界。碁界きっての書き手が、木谷実・呉清源・坂田栄男・藤沢秀行など天才棋士たちの戦いぶりを活写、波瀾万丈な昭和囲碁の世界へ誘う。

B250
この日本、愛すればこそ
―新華僑四〇年の履歴書―
莫邦富

文化大革命の最中、日本語の魅力に憑かれた青年がいた。在日三〇年。中国きっての日本通となった著者による迫力の自伝的日本論。

B251
早稲田大学
尾崎士郎

『人生劇場』の文豪尾崎士郎が、明治・大正期の学生群像を通して、希望と情熱の奔流に衝き動かされる青年たちを描いた青春小説。〈解説〉南丘喜八郎

B252-253
石井桃子コレクションⅠ・Ⅱ
幻の朱い実（上・下）
石井桃子

二・二六事件前後、自立をめざす女性の魂の交流を描く。著者生涯のテーマを、八年かけて書き下ろした渾身の長編一六〇〇枚。〈解説〉川上弘美

B254
石井桃子コレクションⅢ
新編 子どもの図書館
石井桃子

一九五八年に自宅を開放して小さな図書室を開いた著者が、本を読む子どもたちの、いきいきとした表情と喜びを描いた実践の記録。〈解説〉松岡享子

B255
石井桃子コレクションⅣ
児童文学の旅
石井桃子
欧米のすぐれた編集者や図書館員との出会いと再会、愛する自然や作家を訪ねる旅など、著者が大きな影響をうけた外国旅行の記録。〈解説〉松居 直

B256
石井桃子コレクションⅤ
エッセイ集
石井桃子
生前刊行された唯一のエッセイ集を大幅に増補、未発表の二篇も収める。人柄と思索のにじむ文章で生涯の歩みをたどる充実の一冊。〈解説〉山田 馨

B257
三毛猫ホームズの遠眼鏡
赤川次郎
想像力の欠如という傲慢な現代の病理――。「まともな日本を取り戻す」ためにできることとは？『図書』連載のエッセイを一括収録！

B258
僕は、そして僕たちはどう生きるか
梨木香歩
集団が個を押し流そうとするとき、僕は、自分を保つことができるか――作家梨木香歩が、少年の精神的成長に託して現代に問う。〈解説〉澤地久枝

B259
現代語訳 方丈記
佐藤春夫
世の無常を考察した中世の随筆文学の代表作。日本人の情感を見事に描く。佐藤春夫の訳で味わう。長明に関する小説、評論三篇を併せて収載。〈解説〉久保田淳

2018. 7

B260
ファンタジーと言葉
アーシュラ・K・ル＝グウィン
青木由紀子訳
〈ゲド戦記〉シリーズでファン層を大きく広げたル＝グウィンのエッセイ集。ウィットに富んだ文章でファンタジーを紡ぐ言葉について語る。

B261-262
現代語訳 平家物語（上・下）
尾崎士郎訳
平家一族の全盛から、滅亡に至るまでを描いた軍記物語の代表作。日本人に愛読されてきた国民的叙事詩を、文豪尾崎士郎の名訳で味わう。〈解説〉板坂耀子

B263-264
風にそよぐ葦（上・下）
石川達三
「君のような雑誌社は片っぱしからぶっ潰すぞ」——。新評論社社長・葦沢悠平とその家族の苦難を描き、戦中から戦後の言論の裏面史を暴いた社会小説の大作。〈解説〉井出孫六

B265
坂東三津五郎 歌舞伎の愉しみ
坂東三津五郎
長谷部浩編
世話物・時代物の観かた、踊りの魅力など、俳優の視点から歌舞伎鑑賞の「ツボ」を伝授。知的で洗練された語り口で芸の真髄を解明。

B266
坂東三津五郎 踊りの愉しみ
坂東三津五郎
長谷部浩編
踊りをもっと深く味わっていただきたい——そんな思いを込め、坂東三津五郎が踊りの全てをたっぷり語ります。格好の鑑賞の手引き。

岩波現代文庫［文芸］

B267
世代を超えて語り継ぎたい戦争文学
澤地久枝
佐高信

『人間の条件』や『俘虜記』など、戦争と向き合い、その苦しみの中から生み出された作品たち。今こそ伝えたい「戦争文学案内」。

B268
だれでもない庭
―エンデが遺した物語集―
ミヒャエル・エンデ
ロマン・ホッケ編
田村都志夫訳

『モモ』から『はてしない物語』への橋渡しとなる表題作のほか、短編小説、詩、戯曲、手紙など魅力溢れる多彩な作品群を収録。自筆の挿絵多数。

B269
現代語訳 好色一代男
吉井勇

愛欲の追求に生きた男、世之介の一代を描いた西鶴の代表作。国民に愛読されてきた近世文学の大古典を、文豪の現代語訳で味わう。〈解説〉持田叙子

B270
読む力・聴く力
河合隼雄
立花隆
谷川俊太郎

「読むこと」「聴くこと」は、人間の生き方にどのように関わっているのか。臨床心理・ノンフィクション・詩それぞれの分野の第一人者が問い直す。

B271
時間
堀田善衛

人倫の崩壊した時間のなかで人は何ができるのか。南京事件を中国人知識人の視点から手記のかたちで語る、戦後文学の金字塔。〈解説〉辺見庸

2018.7

B272
芥川龍之介の世界
中村真一郎

芥川文学を論じた数多くの研究書の中で、中村真一郎の評論は、傑出した成果であり、最良の入門書である。〈解説〉石割　透

B273-274
法服の王国
小説裁判官(上・下)
黒木　亮

これまで金融機関や商社での勤務経験を生かしてベストセラー経済小説を発表してきた著者が新たに挑んだ社会派巨編・司法内幕小説。〈解説〉梶村太市

B275
惜《せき》櫟《れき》荘《そう》だより
佐伯泰英

近代数寄屋の名建築、熱海・惜櫟荘が、新しい「番人」の手で見事に蘇るまでの解体・修復過程を綴る、著者初の随筆。文庫版新稿「芳名録余滴」を収載。

B276
チェロと宮沢賢治
―ゴーシュ余聞―
横田庄一郎

「セロ弾きのゴーシュ」は、音楽好きであった賢治の代表作。楽器チェロと賢治の関わりを探ることで、賢治文学の新たな魅力に迫る。〈解説〉福島義雄

B277
心に緑の種をまく
―絵本のたのしみ―
渡辺茂男

児童書の翻訳や創作で知られる著者が、自らの子育て体験とともに読者に語りかけるように綴った、子どもと読みたい不朽の名作絵本45冊の魅力。図版多数。〈付記〉渡辺鉄太

B278
ラニーニャ
伊藤比呂美

あたしは離婚して子連れで日本の家を出た。心は二つ、身は一つ…。活躍し続ける詩人の傑作小説集。単行本未収録の幻の中編も収録。

B279
漱石を読みなおす
小森陽一

戦争の続く時代にあって、人間の「個性」にこだわった漱石。その生涯と諸作品を現代の視点からたどりなおし、新たな読み方を切り開く。

B280
石原吉郎セレクション
柴崎聰編

石原吉郎は、シベリアでの極限下の体験を硬質にして静謐な言葉で語り続けた。テーマ別に随想を精選、詩人の核心に迫る散文集。

B281
われらが背きし者
ジョン・ル・カレ
上岡伸雄
上杉隼人訳

恋人たちの一度きりの豪奢なバカンスがマフィアの取引の場に！ 政治と金、愛と信頼を賭けた壮大なフェア・プレイを、サスペンス小説の巨匠ル・カレが描く。〈解説〉池上冬樹

B282
児童文学論
リリアン・H・スミス
石井桃子
瀬田貞二訳
渡辺茂男

子どものためによい本を選び出す基準とは何か。児童文学研究のバイブルといわれる名著が、いま文庫版で甦る。〈解説〉斎藤惇夫

2018.7

岩波現代文庫［文芸］

B283
漱石全集物語
矢口進也

なぜこのように多種多様な全集が刊行されたのか。漱石独特の言葉遣いの校訂、出版権をめぐる争いなど、一〇〇年の出版史を語る。〈解説〉柴野京子

B284
美は乱調にあり
—伊藤野枝と大杉栄—
瀬戸内寂聴

伊藤野枝を世に知らしめた伝記小説の傑作が、文庫版で蘇る。辻潤、平塚らいてう、そして大杉栄との出会い。恋に燃え、闘った、新しい女の人生。

B285-286
諧調は偽りなり（上・下）
—伊藤野枝と大杉栄—
瀬戸内寂聴

アナーキスト大杉栄と伊藤野枝。二人の生と闘いの軌跡を、彼らをめぐる人々のその後とともに描く、大型評伝小説。下巻に栗原康氏との解説対談を収録。

B287-289
口訳万葉集（上・中・下）
折口信夫

生誕一三〇年を迎える文豪による『万葉集』の口述での現代語訳。全編に若さと才気が溢れている。〈解説〉持田叙子(上)、安藤礼二(中)、夏石番矢(下)

B290
花のようなひと
佐藤正午
牛尾篤画

日々の暮らしの中で揺れ動く一瞬の心象風景を〝恋愛小説の名手〟が鮮やかに描き出す。秀作「幼なじみ」を併録。〈解説〉桂川潤

2018. 7

岩波現代文庫[文芸]

B291
中国文学の愉しき世界
井波律子

烈々たる気概に満ちた奇人・達人の群像、壮大にして華麗な中国的物語幻想の世界! 中国文学の魅力をわかりやすく解き明かす第一人者のエッセイ集。

B292
英語のセンスを磨く
―英文快読への誘い―
行方昭夫

「なんとなく意味はわかる」では読めたことにはなりません。選りすぐりの課題文の楽しく懇切な解読を通じて、本物の英語のセンスを磨く本。

B293
夜長姫と耳男
近藤ようこ漫画
坂口安吾原作

長者の一粒種として慈しまれる夜長姫。美しく、無邪気な夜長姫の笑顔に魅入られた耳男は、次第に残酷な運命に巻き込まれていく。〔カラー6頁〕

B294
桜の森の満開の下
近藤ようこ漫画
坂口安吾原作

鈴鹿の山の山賊が出会った美しい女。山賊は女の望むままに殺戮を繰り返す。虚しさの果てに、満開の桜の下で山賊が見たものとは。〔カラー6頁〕

B295
中国名言集 一日一言
井波律子

悠久の歴史の中に煌めく三六六の名言を精選し、一年各日に配して味わい深い解説を添える。毎日一頁ずつ楽しめる、日々の暮らしを彩る一冊。

岩波現代文庫［文芸］

B296
三国志名言集
井波律子

波瀾万丈の物語を彩る名言・名句・名場面の数々。調子の高さ、響きの楽しさに、思わず声に出して読みたくなる！　情景を彷彿させる挿絵も多数。

B297
中国名詩集
井波律子

前漢の高祖劉邦から毛沢東まで、選び抜かれた珠玉の名詩百三十七首。人が生きることの哀歓を深く響かせ、胸をうつ。

B298
海うそ
梨木香歩

決定的な何かが過ぎ去ったあとの、沈黙する光景の中にいたい――。いくつもの喪失を越えて、秋野が辿り着いた真実とは。〈解説〉山内志朗

B299
無冠の父
阿久悠

舞台は戦中戦後の淡路島。「生涯巡査」の父をモデルに著者が遺した珠玉の物語が文庫に。父親とは、家族とは？〈解説〉長嶋有

2018.7